昨日の君は、僕だけの君だった

藤石波矢

幻冬舎文庫

昨日の君は、
僕だけの君だった

昨日の君は、僕だけの君だった

目次

contents

本文デザイン　榊原直樹

第一章

三等分の恋

1

沈黙が生まれた。このエアポケットみたいな沈黙の、生みの親である俺はどうしよう？

平沼泰貴《ひらぬまたいき》は自分に問う。焦っている間に沈黙は育って、手に負えなくなりそうだ。

満開の桜並木の下。微《かす》かな夜風が桜と緑の匂いを散らす。石神井《しゃくじい》川沿いの小さな公園は、舞台照明のようなぼんやりとした外灯に照らされていた。

その片隅に泰貴は立ち尽くしていた。

樫井佐奈《かしいさな》は困惑顔をして、泰貴を見つめ返している。こんな顔にさせてしまったのは、泰貴だ。今しがた泰貴は彼女にこう言った。

「俺だけと付き合ってほしい」

俺と付き合ってほしい、なら一般的な告白だろう。「だけ」がついた途端、不可解な言葉になる。人生でこんなセリフを吐くことがあるとは思いもしなかった。

アルコールの入った頭を軽く振って、もう一度泰貴は声を上げる。

「俺だけを選んでほしいんだ」

木々を揺らす強めの風が吹く。

樫井さんが微笑《ほほえ》む。


あえて事の発端の日を選ぶなら、今週の水曜日だったと思う。文京区に位置する泰貴の通う大学は前期と後期のセメスター制で、今週が後期の最後の授業週間だった。

水曜日の四限目の授業は「ドラマから見る日本社会」だった。放映中のテレビドラマから好きなものを選びレポートを書けば単位が取得できるという、怠惰な学生に優しい授業。学生以上に怠惰な教授は、しょっちゅう遅刻をすることで有名だった。

その日も始業のチャイムが鳴っても教授は現れず、中型の階段教室は賑《にぎ》わっていた。

いつもと同じ教室の右サイド、後ろから四列目に泰貴は座っていた。この授業は浜野《はまの》弘樹《ひろき》も取っているのだが、浜野はきっかり必要最低日数を出席して以降、サボっている。

泰貴は携帯でネットのニュースを眺めるふりをし、教室の左サイド、中央通路から二列目を見つめる。

樫井さんのいつもの席だ。樫井さんはいつも一緒にいる雑誌のモデルみたいな容姿の友達

（ふうちゃんと呼ばれている）と並んで座り、談笑している。泰貴が近くの席に座れるのは月曜の英語の授業だけで、今週の月曜日はもう過ぎてしまった。

何秒置きに目を向けても距離は縮まらないし角度も変わらない。泰貴の場所からは樫井さんの横顔とわずかな口元の動きしか見えない。授業が終わり、樫井さんが立ち上がった時偶然のように目が合えば「おはよう」「お疲れ」ぐらいの挨拶は交わせるだろうか。出入り口か、廊下あたりで。

横で空気がうねったのではっと我に返ると、サボりだと思っていた浜野が座っていた。

「あれ。どうしたの」

驚く泰貴に浜野は「授業に出席するのは当たり前じゃないか」と棒読みで返してくる。

「先生はまだ？」

「十五分ぐらい遅れるって」

「今、何分？」

「時計を見ろよ」

「はいはい」

浜野はシャツの袖を捲《まく》って腕時計を見た。最近買ったという革製のそれは、文字盤が青を基調とした幾何学模様で、数字の大きさがバラバラだった。それで読めるのか、と疑問に思うが、浜野には似合っている。今日も蛍光グリーンのカーディガンとチェックのスキニーパンツという、泰貴には真似できない服を着こなしていた。

　泰貴の視線に気づいたらしい浜野が憂いを帯びた口調で言った。

「今度春服買いに行こうぜ。原宿あたりに」

「やだ。おまえの服選び長いし」

「俺で長いなんていってたら彼女とデートするとき困るって」

「どうせ彼女なんて俺にはできないから」

　浜野は口を半開きにし、泰貴を見つめる。

「そういうセリフはコンプライアンス的によくない」

「コンプライアンスって何」

「ごめん俺もよくわかんない」浜野は手を振る。「でもさ、沼はモテるとかれこれ三年ぐらい思ってるんだよ？　俺は」

「初対面から思われていましたか。そうですかそうですか」

「結局のところ」と浜野が訊《き》いてきた。「沼は今、どんな子がタイプなの？」

　タイプか、と泰貴は少し考えてから答える。

「地味だけど他の人にはないぶれない個性があって、話してみたら心地いいペースに引き込

「んでくれるような……」

「つまりテレ東みたいな人?」

「なんでテレビ局でたとえる」

 眉間に皺を寄せた浜野がふむふむ、と頷いている。話題は途切れたようだ。


「そうだ。花見に行こう」

唐突な浜野の言葉に、泰貴はぽかんとした。

「何それ？　JR東海？」

「確かにちょっと似てたね。照れるね」

真顔で言いながら浜野は手帳を開いた。

「今週末空いてない？」

「バイトだなぁ。っていうか本当に花見？」

手帳を持たない泰貴は、携帯のカレンダーを開きつつ言う。「他に誰が行くの」

予想していたのは浜野が所属する音楽サークルの仲間たちだ。泰貴はサークル無所属だったが、浜野を通じて幾人かとは親しくなっている。

「決定してるのは、俺、たけお先輩、鶴谷《つるたに》さん、樫井さん」

「えっ？」

泰貴は目を上げて浜野の顔を凝視する。たけお先輩というのは浜野がいつもつるんでいる三年生だが、その後に続いた二人は……。

「あそこに座っている二人。沼も知り合いでしょ」

　浜野は教室の反対方向、樫井さんたちの席を堂々と指さした。

　努めて平然とした声を出す。

「浜野、あの人たちとそんな絡みがあったっけ？」

「俺、金曜の授業とか、あのへんと一緒に受けてるよ。言ってなかったっけ」

　言ってなかった。言われていたら忘れるはずがない。

「みんな合わせやすいのはやっぱ土曜日なんだけどさ、そっかぁバイトかぁ」

　携帯画面を泰貴はスクロールさせる。

「あっ、待って。今週は休みだったかも」

「え、本当？」

「うん」

「なんだよ。よかった」

　浜野が歯を見せ、泰貴が携帯を閉じた時、どかどかした足音とともにカバに似た教授が入ってきた。

「いやーすみません。コーラを飲もうとしたら尋常じゃなく噴き出しましてね、シャツを着替えていました」

「どんないいわけだよー」

浜野が笑ってつぶやく。

適当に頷いて笑い返し、また泰貴は樫井さんを見ている。


夕方、帰宅してすぐバイト先のスーパーに電話し、土曜日を休みに変更してもらった。

「土曜日、なんかあんの？」

部屋から出てきた高校一年の弟、高貴《こうき》が訊いてきた。

「ちょっと用事」

「デート？」

詮索好き丸出しの反応をしてくる。

「浜野たちと花見だよ」

「花見ぃ？　どこで」

「王子の飛鳥山《あすかやま》公園」

生まれも育ちも埼玉の泰貴にとっては、花見をした記憶といえば家族と近所の公園に出かけたぐらいだった。

高貴は冷蔵庫のドアを開き、食べ物を物色をしている。食べ盛りなのだ、と本人は言う。

「兄ちゃん知ってる？　日本人の花見が桜になったのは江戸時代からなんだって」

「昔は梅を見てたんだろ」

「んだよー。知ってんのかー」

高貴は母が買い置いたシュークリームを食べ、リビングのテレビをつけた。

「おっ、あれあれ」

騒がしいな、と言いかけた時、ポケットで携帯が短く震えた。

「兄ちゃん、このアイドル可愛くねぇ？　名前なんだっけ。最近テレビよく出てんの」

泰貴は弟が指すテレビを見もせず踵《きびす》を返した。

「テレ東しか見ないから」

ぴしゃりと言い捨てて階段を駆け上がる。

携帯を開く。先ほど受信したメール。from 樫井佐奈。

ベッドに座り、深呼吸してメール画面を開く。

件名：花見～！

〈こんばんは。花見参加だって浜野くんから聞いたよ。楽しみー(*>_<*) 土曜日よろしくね!〉

二度、三度読み返す。二か月ぶりの樫井さんからのメールだ。

短い。

何度画面をスクロールしても、文章は、よろしくね! で終わっている。

携帯をそっと枕元に置いた。横になる。画面を睨《にら》んで、唸《うな》る。

どう返信しようか。内容は極めて薄い。返信は不要だと暗にアピールされている気もする。よろしくね、って締めの挨拶だろう。だいたい、よろしくってなんだ。花見で何をどうよろしくすればいいのか。

身勝手な苛立《いらだ》ちをひっくり返そうと、携帯を摑《つか》み取って仰向けになった。

逆に言えば。送っても送らなくてもいい内容のメールをわざわざ送ってくれたのだ。楽しみだと言ってくれているじゃないか。しかも顔文字付きで。そう思い込むと、泰貴は頰が緩んだ。

〈お疲れさま! 俺も楽しみだよ。樫井さん飛鳥山公園は行ったことある? 俺初めてなん

だけどどんなところ?〉

送信完了と同時に泰貴はうつ伏せになる。大仕事を一つやり遂げた気がした。

メールフォルダをさかのぼって二か月前の樫井さんのメールを眺めた。一緒に取っていた授業のレポートについて質問された時だ。泰貴はメールがすぐに途切れないよう頭を回転させて十通以上やりとりした。互いに観たことがある、地味な映画の話で盛り上がった。盛り上がった、と思っているのは泰貴だけかもしれないけれど。

メールの文面を追う。樫井さんの声で文章を再生する。心地よくなる。絵文字を選択している樫井さんの指先を思う。胸がざわざわして少し痛い。

初めて樫井さんを意識したのは、入学して三か月ぐらいだった。樫井さんはよく携帯を見ていた。あのころの樫井さんのアドレス帳には泰貴はいなかったのだ、と当たり前のことをしみじみ思う。

2

結局二通目の返信はこなかった。携帯を握りしめたまま午前一時過ぎに泰貴は寝落ちした。

翌朝は一限目からサボることにして、朝のテレビの情報番組を聞き流しながら二度寝をした。目覚めて携帯を取るとメールが来ていた。慌てて開くと居酒屋のメルマガだったので盛大に舌打ちをした。

三限目の授業に合わせて、昼前に大学に着いた。朝昼兼用のご飯を食べようと学食に向かっている時、平沼くんと呼ばれた。

顔を向けて泰貴は文字通り跳び上がる。息を切らした樫井さんがすぐ真横に立っていた。

「会えてよかった」

「えっ」

「ごめんね。昨夜《ゆうべ》返信くれたでしょ。私、うっかりメール消しちゃって。なんだった？」

焦りをにじませた表情で見つめられ、泰貴は戸惑う。不意打ちに加えて見たことのない顔でこちらを見るものだから、鼓動のスピードが上がってしまう。

「大したことじゃないよ」本当に大したことがないので申し訳なくなる。「飛鳥山公園て、樫井さんは行ったことあるのかなぁって」

「私はないよ」

「そっか」

会話が途切れる。樫井さんの息遣いだけが耳に飛び込む。

「すごく走った？」

そう訊《たず》ねると樫井さんは二十メートルほど離れたところにある五号館を指さした。キャンパス内で一番新しく、壁面はガラス張りで高層の学舎だ。

「五階の窓から平沼くん見えたから、駆け下りてきた。私、視力がよくて」

「エレベーターは使わなかったの？」

「遅いんだもん」

「電話してくれたらよかったのに」

今度は樫井さんがきょとんとして固まった。

「……その発想……なかった」

まじまじと相手を見つめ、泰貴は笑った。すると樫井さんも笑ったから、思い切って言ってみる。

「なんか飲まない？」

「あ……いいね」

樫井さんが笑顔になった。気持ちがふわりと宙に浮く。

自販機でパックの紅茶を買った。そのままの流れで学食に入り二人で席に着く。

「このあと授業？」

「三限は休講になって。五限まで空き時間」

食券を買いに席を立ったら樫井さんが帰ってしまいそうで、泰貴はペットボトルのお茶を飲む。こうやって二人きりで話をするのは初めてだ。これまでは授業の時に話すぐらいだったし、他の友達を交えているのがふつうだった。

「今日、ふうちゃんさんは？」

「ふうちゃんさん、て」と笑われた。「奴はサボり。単発のバイト入れたんだって。今月やばいらしいのよ」

「そうなんだ」

「節約下手だからね」

あれは絶対服を無駄に買いすぎだよ、そう思わない？　という疑問符と共に顔を覗《のぞ》き込まれた。ふうちゃんのショッピング事情は何も知らなかったけれど「思う。とてもそう思う」と同意しておく。

「樫井さんはあんまり買い物しないほう？」

「とにかく安いのを探す。平沼くんは？　いつもさわやかな服着てるよね」

「そうかな？」

「うん。清潔感あっていいなぁって思ってたよ」

「初めて言われた。ありがと」

心臓だけがスーパーボールのように跳ねまわっている、そんな感覚になった。浜野に聞かせてやりたいものだ。

「平沼くん」紅茶のストローを指先でつまみつつ樫井さんが言う。「私って不細工かな」

「はい？」

樫井さんは自分の両頬を掌《てのひら》でぐっと押して、泰貴を見る。

「なんでそんなこと？」

泰貴はとまどって訊き返す。樫井さんは掌を離して目を伏せた。

「いやー、うん。いいんだけど。自分で思ってても人から言われると違うよね。どんな評価もさぁ」

泰貴はぼーっと、至近距離で動く樫井さんの表情を眺めてしまう。薄い唇。低く丸っこい鼻。一重瞼《まぶた》。決して抜群に可愛いといわれる顔立ちではない。

けれどどうしようもなく魅力的なのだ。考え事をする時に口をすぼめる癖や、笑った時に鼻にできる皺や、右の目元の泣きぼくろが。だから気づけばいつも泰貴は樫井さんを見てしまう。

「俺、樫井さんのことが好きなんだ」

「へっ?」

昼時の学食に学生たちの姿が加速度的に増えてきた。長閑《のどか》な喧噪《けんそう》が響き渡る。喜怒哀楽の喜と楽だけが溢《あふ》れかえっている。泰貴の直線上にあるテレビがつけられ、昼のニュースが流れている。

その中で泰貴は告白をしていた。取り返しはつかない。なんでこんな場所で、という思いが遅れてわき起こる。ムードも何もないタイミングで。せっかく花見が明後日《あさって》に控えていたのに。

「ありがとう」の形に樫井さんの唇が動いた。遅れて「ありがとう」という声が耳に入る。

打ち上げ花火みたいだな、と思った。

「私も平沼くんのこと好きだよ」

「嘘」

「本当」

ペットボトルのお茶を飲む。一口分しか残っていなかった。

「付き合おうか」と樫井さんが言い、「そうしましょうか」と泰貴は答える。

どこかで「カツカレーやべぇ」という叫び声がした。

3

　お互い口数が減り、満席になる前に学食を出た。はにかんだように微笑む樫井さんが隣にいる。数分前まで同級生だったのに、今では泰貴の彼女だという事実。春の青空の下、泰貴の心は舞い上がっている。

　そこまではよかった。すこぶるよかった。

　歩きながら樫井さんが言った。

「このあとって時間あるかな？」

　授業があったけれどどこの際どうでもいい。

「どっか行く？」

「会ってほしい人がいるんだ」

「誰？」

　ちょっと宙を見上げてから樫井さんは答える。

「彼氏」

「は？」

聞き間違いに違いない。彼氏はここにいるだろう。

「えっとね」樫井さんは立ち止まって、こめかみを押しながら言う。「話すと難しいなぁ。まずは紹介したほうが早いと思うんだけど」

何かの冗談か、暗号文なのかと動揺している泰貴の背後に、その男は現れた。

「おい。佐奈」

びくりとしてふり返るとコンビニ袋を提げた男子学生が立っている。

「カケル。今部室に行こうと思ってたんだ」

「来る前に連絡しろよ」

ハスキーな声だった。中肉中背の泰貴に比べ、背は低いが筋肉質で肩幅がある。カケルと呼ばれた男は泰貴に視線を向けてにやっと口角を上げる。

「わかった。例の奴だべ？」

何のことかわからなかったが、樫井さんには通じたらしく「そうだけど、失礼だよ」とカケルをたしなめている。樫井さんの友達だろう。顔に覚えはあるけど、面識はない。

「ええっと……」

口ごもる泰貴をよそに進み出た樫井さんが「この人は平沼泰貴くん。今日から付き合うことになったから」

と宣言した。

カケルはため息をついて、無遠慮な視線を泰貴に注いだ。

「へぇー。そうなんだ。平沼くん。そうなんだ？」

カケルの顔立ちは彫りが深く、眼光は鋭い。睨まれて泰貴は気圧《けお》されるが、とにかく負けてはいけないと察して見返す。

「なんですか？」

「飛鳥山公園には機関車があるぞ」

唐突に言われてびくりとする。

「……誰？」

「俺？　俺は佐奈の彼氏ですけど。なんつーか、よろしく」

理解不能な言葉を聞いた。カケルは握手を求めるかのように手を出している。

「何言ってんだ」自分の語気の荒さに驚くが勢いは止まらない。「彼氏は俺だよ」

樫井さんが二人の間に割って入る。

「待って待って。だからね平沼くん。今、紹介したいって話してた彼氏の一人がこれ」

「これってなんだよ」

樫井さんは無視する。泰貴の鼻先の宙に漢字で名前を書いた。

「小山田翔《おやまだかける》っていうの。第一印象はたいてい悪いけど、慣れるとそこまでじゃないから」

「フォロー下手《へた》か！」

「客観的な情報を伝えてるだけ」

「どこが客観的だよ」

ちょっと待って！　と泰貴は叫び二人を制止した。表情が引きつって半笑いになる。頭が混乱していた。

「意味が全然わからないんだけど。何？　なんのやりとり？」

「彼氏と彼女のやりとりだよ」

小山田翔が樫井さんの手と〝恋人つなぎ〟し、泰貴に顎《あご》を突き出して言った。

「翔。なんでいちいち喧嘩腰《けんかごし》なの」

樫井さんは呆《あき》れ顔だが手は振りほどかない。視線を泰貴に向けて「ごめんね」と謝る。

「簡単に説明すると、私、平沼くんの他に付き合っている人が二人いるの。だから平沼くんは三人目の彼氏として付き合ってほしい。さしつかえなければなんだけど」

泰貴は言葉をなくすという経験を初めてした。

さしつかえなければ？　さしつかえしかないだろう。思わず仰いだ空はくすんでいた。数分前には青空だった気がするのに。見間違いだったのだろうか。

4

大学から歩いて十分ほどのカフェで泰貴はコーヒーをかき混ぜた。向かい側に座る小山田はズズズと音を立ててマンゴージュースを飲んでいる。気を遣ってくれているのか樫井さんは泰貴の隣に座って話しかけてくるが、気のない相づちしか打てない。

先ほどキャンパスで、もう一人の人も紹介する、と言うと樫井さんは電話をかけた。相手はすぐに出た。樫井さんの説明によると、その人はこのカフェで待つようにと告げたらしい。

三倉春仁《さくらはるひと》というその男は文房具メーカーに勤める二十八歳の会社員だと説明された。

「できる男って感じで、優しい人だよ」

樫井さんが言うと小山田が鼻を鳴らした。

「どういうフィルターかけたらあれがそう見えるんだ？　腹黒い遊び人じゃねえかよ」

「違うって。三倉さんは……」

目の前で自分の彼女が自分じゃない彼氏と、自分じゃないもう一人の彼氏について意見を交わしている。なんなんだこの状況は。

シェアハウスならぬ、「シェア彼女」なのだと樫井さんは言った。

セックスフレンドではない。親密に複数の男性と付き合っている。しかも彼氏同士公認の上で、だ。

理解できない。

ほどなくして三倉が入店した。どんな表情をしていいのかわからない、という表情で泰貴は三倉を見た。樫井さんと小山田のやりとりのうち「できる男って感じ」という一点は即座に納得できた。百八十センチ以上ありそうな細身の長身。紺色のスーツがよく似合っている。銀フレームの眼鏡に、髪はお洒落《しゃれ》な七三分けだ。

「ごめん。待たせちゃったかな」

そう言って席に着く。

「いえいえ。五分前じゃないですか。さすがです」樫井さんが言う。「突然呼び出しちゃってすみません。お昼休みなのに」

「いいよ。重要な話だし」

微笑んだ顔を泰貴に移してくる。とっさに目を逸《そ》らせなかった。精悍《せいかん》な顔立ちだ、と改めて思う。

「君が平沼くん？」

「はい」

「初めまして。三倉です。説明聞いてびっくりしたでしょ？」

頷く。けれど、びっくりどころではない。

「っていうか、シェアとかありえないと思うんですけど」吐き捨てる口調になる。「俺は嫌です」

三倉の眼鏡の奥の目が細められた。尖《とが》った顔のパーツの中で目だけが柔和な印象の垂れ目だ。

「納得できないなら今のうちにやめておいたほうがいいよ」

「え？」

「だって僕たちは異常だから」

三倉はさらりと言う。

「自覚はあるからな」ジュースを掻《か》きまわしながら小山田が続いた。「だからな、おまえを巻き込むのも忍びねぇというか」

泰貴から目を逸らすと両手を後頭部に当て、椅子《いす》に深く凭《もた》れる。

「じゃあそもそも」泰貴は向かいの二人を交互に見る。「なんでこんな付き合い方してるんだ」

「僕たちはそれで納得しているしうまくいっているからね」

「初めからこういうシステムなら浮気される心配もねぇしな」

樫井さんが浮気性だと言われている気がして腹が立った。が、小山田からは確実に泰貴より樫井さんのことを知っている、という余裕が感じられた。三倉は微苦笑している。

「でもやっぱり遊び半分って感じがする。軽いっていうか不埒《ふらち》っていうかさ」

小山田が目を丸くした。

「ふ、不埒？　その単語使う奴、初めて見たわ。おまえ、くそ真面目か？　真剣にお嬢さんと交際させてくださいい的な奴か」

無視して三倉に目を移す。

「周りからは、さっき三倉さんが言ったように異常な付き合い方だって思われて当然ですよね。なんか、間違ってますよ」

泰貴が主張すると、小山田が身を乗りだす。

「周りの目なんかいいんだっつーの」

「三倉さんに聞いてるから。ちょっと黙っててくれる？」

「なんでだよ」

小山田の脇腹を三倉がつついた。「ふほっ」とくすぐったそうに小山田が身をよじる。

三倉は小山田を無視して泰貴を見た。

「平沼くん、ポリアモリーって聞いたことある？」

「ポリアモリー？　聞いたことないです」

「僕たちみたいに、パートナーを一人にしないカップルのことをそう呼ぶんだ。データによるとアメリカでは五十万人以上のポリアモリーカップルがいるらしい」

「だから異常じゃないと？」

「全体の人口からすればごく少数だから異常と言ってもいいよ。ただこれは間違った付き合い方というわけじゃないってこと。僕たちは恥じる必要なんてないし、価値観は人それぞれだから。君が納得できない付き合い方はしないほうがいい」

　隣に座る樫井さんを見た。

「樫井さんはこんな付き合い方、本当にいいの？」

「うん。私が始めたんだし」

　さらりとしたその一言にショックを受ける。反射的に「なんで？」と問い返していた。

「無理に一人に決めなきゃいけないことはないかなって。だって私、みんな好きだから」

　屈託のない笑顔で告げられ、反論は無駄だと悟った。「みんな」の中にはもちろん泰貴も含まれている。だからといってこれを納得しなければいけないなんて。でもそうしないと樫井さんと付き合えない。

「おまえはだいたい、本当に好きなのかよ？　佐奈のこと」

小山田が言った。

泰貴は手をつけていなかったコーヒーを一口すすった。

「わかったよ」

三人の目線が泰貴の顔に集中した。

「俺も彼氏の一人になります」

間が空いて、最初に声を上げたのは樫井さんだった。

「よかった！」

樫井さんが嬉しそうに笑った。鼻におなじみの皺ができた。

5

泰貴の高校生活に、華やかな思い出はない。そこそこの進学校でそこそこの成績を取っていた泰貴だが、恋愛どころかそれ以前に人間関係は難ありだった。休み時間に言葉を交わすクラスメイトぐらいはいた。けれどいわゆる気の置けない友達はいなかったし、女子とは一日一言もしゃべらない日がほとんどだった。部活にでも入ればよかったのかもしれない。けれど人見知りなのと中途半端な勉強熱心さが合わさり、未知の領域への一歩は遠ざかるばかりだった。

話しかけられても相づちを打つだけで話題は広がらない。気の利いた返答をしようと焦っては口ごもってしまう。そんな相手に好んで関わる者は少ない。同性のクラスメイトもあまり泰貴に近づかなくなった。

よく、筋肉は使わないと衰える、と言う。「会話」も同じだ。話しかけられないから、話さない。そうすると話し方を忘れていく。泰貴は口下手になり、無口になった。休み時間は自習をするか机に伏して寝たふりをする。そんな日常。イベント事のある日はとくに憂鬱《ゆううつ》だった。たとえば文化祭。カップルが生まれたり、様々な出し物に校内が盛りあがったりするが、もちろん泰貴は当てはまらない。

二年生の時、泰貴のクラスはチョコバナナの店を出した。泰貴は粛々《しゅくしゅく》と会計係をした。空き時間は少しだけ親しい男子グループの後ろにくっついて一人じゃないふりをした。こんな時間、早く終わってほしいと切に願った。

けれど時間は泰貴を嘲笑するようにあまりにもゆっくり流れた。夕方になり一人になってしまった泰貴は、学校内をふらふら歩いた。風船や花で飾られた校舎を彷徨《さまよ》う。

騒がしい人たち。笑い声。屋台の呼び込み。そして下手くそなバンドの演奏が始まる。音楽と歓声。ハイトーンな女子のボーカル。それら全てから漲《みなぎ》る集団の高揚感が、泰貴を孤独に浸した。

公園のベンチに座ってため息をついた。あのころをしみじみ思い出したのは久しぶりだ。三年生になって浜野と同じクラスになった。ふわふわと人を煙に巻くような浜野は、不思議と話しやすかった。そこから少しは人間関係もまともになったので浜野には感謝している。浜野は第一志望、泰貴は滑り止めだった今の大学に進学し、友人関係が続いているのだった。浜野がいなければひょっとすると、大学でも〝ぼっち〟になっていたかもしれない。

もう一度ため息が出た。本当に好きなのかよ、という小山田の言葉が頭で響いている。本当に好きに決まっている。むしろこっちがぶつけたいセリフだ。我ながらなぜ言い返さなかったのだろう。小山田や三倉がどれほど樫井さんと付き合っているのかは知らないが、シェアなんてことを納得している時点で大した愛情じゃない。

泰貴は誰より樫井さんを大切にできる。

鞄《かばん》から紙を取り出す。まず契約書の写し。シェアに同意する、というサインをさせられた。次に、三倉がコピーして持ってきた「デート予約表」だ。体裁はバイトのシフト表と変わりない。樫井さんと会う日を三人で割り振るのだ。このシステムにも腹が立ったが、抑えた。

カフェでさっそく三人の予定を突き合わせた。「新入りなんだから遠慮しろ」と喚《わめ》く小山田を三倉がなだめ「最初なんだからいっぱい会った方がいい」と、自分の予定していた今週末の金曜と日曜を譲った。金曜、つまり明日、樫井さんと昼過ぎから「一緒にいてよい」らしい。樫井さんに彼氏ができる日数は週によってまちまちらしい。樫井さんが「フリー」な日は、大学で会ってもデートしてはいけないという。

もう一枚、紙がある。これも三倉が用意してきた「シェアのルール」。

一、シフトの変更は前日までに連絡をすること。

一、佐奈の意思でシフトの入れ替えが希望された際は従うこと。

一、デートした場所、外食した店は二週間ごとに彼氏間で報告すること。

一、性交渉の際は避妊具の着用を……

途中まで読んで紙をくしゃりと丸め、鞄に押し込んだ。

6

翌日、二限目で授業が終わった。後期最後の授業でもあった。

別の教室で授業を受けていた樫井さんと、大学の門の前で待ち合わせた。シェアに対する不満があれほどあったのに、初デートだと思うと待っているうちにドキドキしてくる。

現れた樫井さんは紺色のワンピース姿だった。メイクもいつもと違うのがわかった。

「ちょっとデート仕様にしてみた。どう？」

と微笑まれて、前日からのもやもやが急速に晴れる。

「いいと思う。すごく」

自分には語彙《ごい》力がない、と痛感した。

池袋で映画を観ることになっていた。その前に昼ご飯を食べようと話していたので泰貴は店の候補を調べていた。携帯を操作しブックマークしていた画面を開く。

「口コミとか高い店調べたんだけど」

携帯を樫井さんが見つめる。

「このお店は三倉さんと行ったばっかりだから違う方がいいな」

もやもやが戻ってきた。悔しいけれど「報告」のルールは重要だということか。

結局ファミレスになった。サイゼリヤ以上デニーズ以下の価格にしようという意見が一致して、デニーズに落ち着く。大学生の泰貴に、さほど店の選択肢はない。

「デート代は割り勘でいいよ」それぞれが注文したメニューが届いたころ、思い出したように樫井さんが言った。「翔とはいつもそうだから」

「いやいやいや……、俺払うから」

小山田と同じになるつもりはない。

「そう？　無理しないでね」

そう言ってオムライスにスプーンを入れる。

「あの二人と競い合ったりしないでいいんだからね？　仲良くしよう」

オムライスが口に運ばれる。

泰貴はスパゲティをフォークに絡めた。持ち上げる寸前、ふと気を抜いたらパスタがほどけた。

「俺もあの二人のことも平等に好きってこと？」

「うん。そうだよ」

顔を上げた樫井さんの口元にソースがついていた。ついてるよ、と泰貴が告げると恥ずかしそうに指で拭い、ぺろりと舐《な》めた。泰貴は目を逸らして息を落とした。

「俺には気持ちがわかんない」

「そのうちわかるかもよ」

樫井さんはちょっと間を空けてファミレスのメニューを開いた。

「この中でどれが一番好き？」

泰貴は当然、回答に困る。

「ほら。一つだけなんて決められないよ」

「ずるいよそれは」

「ごめんね」樫井さんは再びオムライスに向かう。「別れてもいいからね」

素っ気なく言う。

大声で何かを叫びたい衝動に駆られた。けれど言葉はからっぽで、泰貴は黙ってパスタを頬張った。

昼食を終えるとサンシャイン通りの映画館に向かった。チケットを買い、ポップコーンも買う。

二人で並んでシートに座った時、「あぁデートをしているんだ」という緊張感と幸福感がにわかにせり上がってきた。

この関係性を否定しているのか肯定したいのか。怒っているのか楽しんでいるのか。プラスとマイナスを行ったり来たりする自分の感情が落ち着かない。

ライトが消え、上映時間になる。予告編が流れ、映画泥棒が踊り、本編が始まった。

二人のシートの間に置かれたポップコーンに手を伸ばす。二時間の間に偶然手が重なるなんてこともあるのだろうか。考えて無駄にドキドキしたけれど、そんなことは起きなかった。

映画は今週のランキング一位の「衝撃と感動のヒューマンドラマ」だったが、泰貴には今一つだった。主人公が独りよがりすぎて感情移入できなかったし、暴力シーンも好きじゃなかった。

どうだった？　と映画館を出てすぐに樫井さんが訊ねてきたので泰貴は率直に答えた。すると樫井さんは目を丸くしてから笑った。

「私もおんなじ」

「嬉しい」

考えるより先にそう言っていた。本当に嬉しいんだな、と自分の心を他人事《ひとごと》みたいに思った。

「きっと平沼くんはそうだと思った」樫井さんは空を見上げる。「翔はね、友達と観たらしくて、絶賛してたの」

「……へぇ」

「あいつ、意見が違うとめっちゃ食ってかかるところあるから」

「面倒くさい奴」

「でもそこが良かったりもするんだけど。でもこないだの喧嘩はなぁ」

「喧嘩したんだ？」

「うん。私も言いすぎたんだけどね。翔のダメなところをここぞとばかりにあげつらって言ってやって……。そしたらあいつ最終的に私のこと」

はっとした顔で樫井さんは口を閉ざした。

「ごめんごめん。なんでもない」

行こう、と樫井さんは歩きだそうとした。けれど泰貴は動けなかった。

「どうしたの？」

「ごめん。今日はここで。また明日」

一方的に切り上げて泰貴は小走りにその場を去った。

7

衝動に駆られて泰貴は大学に引き返した。到着したのは四時半を回ったころだ。小山田は四限目の授業まで取っていたはずだ。昨日「シフト」を書いていた時にそう言っていた。その時に小山田が浜野と同じ軽音楽サークルだということも知った。まったくの言いがかりだとわかっているけど、浜野にも裏切られた気分になった。

息を切らし、キャンパスを走る。どこの教室かはわからなかったので山を張って一番利用されることが多い校舎に向かった。

学生の波の中に小山田の姿を見つけた。声をかけようとしたが、両隣に浜野とふうちゃんの姿がありためらう。

幸いすぐに浜野とふうちゃんは離れ、小山田だけが部室棟に向かって歩きだした。すかさず駆け寄り、後ろから肩を叩く。

ふり返った小山田が目を瞬《しばた》いた。

「あれ。デートは？」

「質問がある」

「は？」

「一昨日《おととい》樫井さんと喧嘩したか？」

「……は？」

「答えろよ」

苛立ちを込める。一瞬呆気にとられた顔をした小山田が笑みを浮かべた。

「したけど、それが何？」

「樫井さんになんて言った？」

「いろいろ言いましたけど。喧嘩だからね」

両手を広げて軽い口調で言う小山田の腕を思わず握る。

「不細工って言ったか？」

「痛ぇな。言ったらなんだよー」

泰貴は小山田を睨みつけ、腕を離した。

「なんだよ殴んのかと思ったわ。んで返り討ちにしてやろうかと思ったわ」

「そんな馬鹿じゃない。けど一つわかったよ。おまえに樫井さんの彼氏でいる資格はない」

小山田はこの世の終わりでも見たような顔をした。

「彼氏でいる資格って。おまえ正気で言ってんのか」

「本気で言ってる」

「熱い高校生か？」

「俺の高校時代は熱くなかったんだよ！」

抑えきれず、叫ぶ。

「……どういうキレ方なんだそれは」

「うるさい。どんなに冷静さをなくしてても、言っていいことと悪いことがある。彼女に不細工なんて言う奴は最低だっ。だから今すぐ別れろ！」

怒りに任せてまくしたてた。

「なんだ？　新人のくせにわかったような口きくなよ」

「無能なベテランは引退しろ。辞職しろ」

「なんで命令口調なんだよ」

小山田は強烈な舌打ちを連呼した。数秒間、道の真ん中で睨み合う。無関心なふりという名の優しさをまとった学生たちが通り過ぎていく。

やがて小山田が不敵に笑った。

「なるほど……。俺を最低って言うなら、おまえにいいこと教えてやるよ」

小山田はバッグから出したルーズリーフにカタカナを走り書きして泰貴に渡した。

「どうせ今夜予定ないだろ。八時前にここに来い」

「これは？」

「渋谷のイタリアンレストラン」

8

繁華街を離れたところにある、こぢんまりしたレストランだった。イタリアの国旗が出入口にはためいているのでイタリア料理だとわかる。店名で検索すると平均予算が出てきた。泰貴は唾を呑む。泰貴の昼ご飯とは桁が二つ違う。

泰貴が到着した時には小山田は道路を挟んだガードレールに寄りかかって出入り口を見ていた。

「おお。ちゃんと来たな」

何が目的なのか小山田は言わない。とりあえず見てろとだけ言う。

やがて一組のカップルがやってきた。

「んっ？」と思わず泰貴は声を出してしまう。

「でかい声は出すなよ」

「いや、だって」

男性客は紛れもなく三倉だった。そして女性は明らかに樫井さんではない。二十代後半ぐらいのOL風だった。

二人はドアの前で何かを囁《ささや》き合った。いや距離が遠いからそう見えるだけで実際はふつうに会話をしただけなのだろうけれど。

微笑み合ってから木製のドアをくぐる。

「昨日あいつの手帳がちょっと見えてな、今夜この店って書いてあった。あの野郎はよく使うんだよ、ここ」

「ちょっと待ってちょっと待って」

　泰貴は宙で手を振る。

「あれは、何」

「高級イタリアンデートだよ。なんだろな。牛ホホ肉の赤ワイン煮的なのとかなんとかバーニャカウダ、とか食うんだろ。そもそもバーニャカウダってどんな……」

「だから！　なんであの人……浮気？」

「佐奈も知ってる。俺も聞いてるし。ちなみにあいつが付き合ってる女は二人や三人て数じゃないから」

「はぁあ？」

　ガードレールから離れ、道を引き返す。

「あいつは佐奈をシェアしてるだけじゃなく複数交際もしてるんだ。すげーぞ。今までの遍歴。国家公務員だの華道家だの、胡散《うさん》臭い探偵とかもいたっけな。な？　最上級の女ったらし。俺より最低だろ」

　泰貴は唖然《あぜん》としてレストランを見つめた。あの石造りの壁の向こうで優雅に女を口説いている三倉の姿を想像する。知らずに拳を握りしめていた。

「乗り込むとかするなよ。迷惑だから」

「どうせそんな度胸もないよ」吐き捨てるようにいって頭を搔き毟《むし》る。「こんなのおかしいって。なんで樫井さんは……」

「おまえは佐奈を知らなさすぎってことだろ」胸を抉《えぐ》るような一撃を食らわせてくる。「ま、三倉に対抗するっていう点だけなら、手を組んでやってもいいぞ。あんな女たらしは撲滅すべきだ社会のために。俺たち冴えない男たちのために」

ふふっ、と力ない苦笑が漏れた。

「なんだよ」

「俺からすればおまえも冴えてる男だから」

「は？」

「どんな高校生だった？」

なぜ小山田にこんなことを訊ねるのか。自分でもよくわからない。

「どんなって、ふつうだよ」

「俺は……いわゆる大学デビューってやつ」

「高校はインディーズだったのか？」

無視して続ける。

「高校時代バカみたいに暗かったから、たぶん今も自分に自信がない」

小山田が露骨に顔をしかめる。

「私は大学デビューですとか、だいぶ痛い発言だな」

耳をほじくって小山田は笑う。

「ただ」と、泰貴は続けた。「俺はおまえや三倉より彼女をわかってる、つもりだよ」

「……勝手に言ってろ新人」

厭味《いやみ》ったらしく言うと、小山田は「じゃ、用は済んだ」と言い残し走り去って行った。

9

翌日は絶好の花見日和《びより》だった。開始は午後三時からということだったけれど、昼過ぎには浜野から場所取りをしていると連絡があった。結局浜野のサークル仲間を中心に十人以上が集まるらしい。

「なんか大学生っぽいなぁ」

家を出る間際、弟の高貴が羨《うらや》ましそうに言った。

「リア充、って感じよな。俺とは違うわ」

そういって教科書に向き合う弟は、期末テストで数学だけ再試になったらしい。

「そりゃ高校と大学じゃ違う」

「そうだけど。いやいや、っていうか兄ちゃん高校時代も俺よりできてたじゃん。赤点なんか取らなかったでしょ」

「取ったよ」

ある意味、赤点だらけの高校生だった。

「へ？　そうなの？　うまく隠してたんだ？」

変に感心した顔をされ、泰貴は苦笑した。確かに家族には充実した高校生活を送っているように振る舞っていた。気遣いなどではなく、プライドで。

埼京線から赤羽で京浜東北線に乗り換え、王子に到着した。飛鳥山公園は車窓からも見えたが小高い山になっている。そして薄紅色に覆われていた。

南口から出ると路面電車が走っていた。荒川線というんだったか。花見客の流れについていき、歩道橋を渡る。線路の上を渡って小山の中腹あたりから公園に入った。

老若男女、人々が地面を埋め尽くしていた。ちゃんと場所取りができたのだろうか、と不安になる。というか、どこにいるんだ。

浜野に電話をすると「機関車のある方に来て」と言われた。あぁ、機関車があるんでしたね、と舌打ちしたくなる。

カーブした道を進んでいくと大きな遊具が見えた。その先に確かに機関車がある。古い車両が遊具として設置されているようだ。周辺に目を配ると、一角に浜野たちの姿があった。

「よー。来たか」

浜野が手を上げる。

「よぉ沼ぁ。お疲れちゃん」

そういって寝そべっている巨漢はたけお先輩だった。すでに出来上がっている様子だ。

「浜野と二人でずっと場所取りしてたんだ。しんどかった」

「先輩は飲んだくれてただけでしょう」

「場所取りしてたんだぞ、場所取り」

「関取みたいな体して」

たけお先輩が浜野を羽交い締めにしようとして浜野がひらりと逃げる。

「お疲れー」

ふうちゃんに声をかけられた。ふだんから程よく濃い目の化粧だけど、今日はチークの赤がいつもより強いように見えた。疲れていないけれど「お疲れ」と返す。

「佐奈は今買い出し行ってるよ。もう戻ってくるんじゃないかな」

一分と経たずに樫井さんと、小山田が袋を持ってきた。

「いたのか」

「マジかよ来たのかよ」

「悪い？」

互いに小さく罵《ののし》り合う。

「ん？」

ふうちゃんが感づいて目を向ける。

「なんでもねぇよ。ほれ風香《ふうか》。梅酒だぞ」

小山田が缶を投げる。

「馬鹿、投げんな」

「ふうちゃんいつのまに日記書いてたの」

樫井さんがスマホを見せる。SNSの日記ページらしい。ここから見える桜の写真がアップされていた。

「さっき、さっと書いた」

ふうちゃんが梅酒を開けながら言う。

徐々にメンバーが集まり、そのたびに乾杯が行われた。近くのピザ屋の売り子がやってきたのでピザを買った。たけお先輩が持ってきた新潟の日本酒を開けた。日が沈んでからふうちゃんが持ってきたミニコンロでマシュマロを焼いて食べた。

ひたすらしゃべり、飲み、しゃべっては笑った。小山田とは時々睨み合った。

もうとっくに夜になったころ、ふと気づくと樫井さんが立ち上がって頭上の桜をスマホで撮影していた。ほとんど誰も花なんて見ていなかったのに、樫井さんはじっと花を見つめていた。その時吹いた冷え冷えとした夜風と彼女の横顔が、泰貴の脳裏に焼き付いた。

10

解散は八時過ぎだった。

王子駅に向かおうとする泰貴を樫井さんが引き止めた。石神井川沿いを歩いていくと板橋駅の近くまで行けるらしい。

「私の家、板橋だから途中まで一緒に歩かない？」

もちろん歩く。

解散間際のうやむやとなった集団からするりと抜けて、二人で川沿いを歩いた。人気のない道だった。桜並木がどこまでもどこまでも続いていた。

柵の向こうは川なのだけど、ずいぶん低いところにある。今は桜の花弁が暗い水面を埋めていた。ぽつ、ぽつ、と思い出したような間隔でベンチがあったけれど、誰も座っていない。泰貴と樫井さんも座らなかった。

「三倉さんのこと知ってるんだよね？」

二本目の橋を越えたタイミングで泰貴は切りだした。

「他に付き合ってる人たちがいるって話？」

「って話」と泰貴は頷く。

「知ってるよ。人数が違うだけでやってることは私も同じだよ」

無理をしているようには聞こえなかった。川が上流から下流に流れるような自然さで、樫井さんは三倉の行為を認めている。

「三倉さんは真面目で、みんなに優しいから」

「小山田のことは？　樫井さんにひどいことを言うんだよね」

樫井さんがくすっと笑った。

「それも同じ、お互いさま。あいつとはなんか、思う存分言い合える。罵詈《ばり》雑言《ぞうごん》吐いても同じ分返してくれるから。もちろんへこむし傷つくけど、やり返しても許してくれるんだ」

奴は、樫井さんを泣かせることもするのだろう。目の前の泣きぼくろが涙で濡れる様を泰貴は想像する。

　いくら歩いても夜桜の道は続く気がした。このまま二人だけで、時間が止まればいい。なんてロマンチストな想像が一瞬頭をよぎった。けれど直後、大声で鼻歌を歌いながら自転車を漕《こ》ぐおじさんが、後ろから走り抜けていった。世界は二人だけのものじゃないんだとわかった。

　しばらく歩くと右手に開けた場所があった。とくに遊具はないけれど公園だった。樫井さんがスマホを起動させて桜の写真を撮り始める。斜め後ろを歩いていた泰貴は口を開く。

「樫井さん、俺のどこが好きなの？」

　ふり返った樫井さんはスマホを泰貴に向けた。かしゃっ、とシャッター音がする。

「平沼くんは孤独を感じる時ってどんな時」

「えっ」

「私はたとえば、映画を観ていてあるシーンがものすごくつらいとするでしょう。でも周りのみんなが笑ってるの。自分だけがちっとも笑えない。泣きたいぐらいなのに。みんなは笑っている。笑えるシーンだから」

　彼女の口調は、ただ咲いて散っていく桜のように淡々としていた。

「あの映画の話？」

十通以上続いた二か月前のメール。作中、脇役の一人が滑稽な死に方をする。そのシーンで周りの皆が笑ったのがなんとなく嫌だったと樫井さんは言っていた。笑ったのは樫井さんの友達。誰かは知らない。家飲みをしながらのＤＶＤ上映会だったらしい。小山田が、あるいは三倉がいたのか。知らない。

その映画は泰貴も観た。公開当時に。だから高校二年の時だ。そして泰貴もあのシーンが嫌いだった。

「共通点があるってほっとするでしょ」

樫井さんが言う。心底、ほっとするような口調で。

泰貴は息を深く吸った。

「樫井さん。俺は……俺だけと付き合ってほしい」

沈黙が生まれた。

満開の桜並木の下。微かな夜風が桜と緑の匂いを散らす。石神井川沿いの小さな公園は舞台照明のようなぼんやりとした外灯に照らされていた。その片隅に平沼泰貴は立ち尽くしている。エアポケットみたいな沈黙が周囲を取り巻いていた。

「俺だけを選んでほしいんだ」

木々を揺らす強めの風が吹く。

「ごめんね。私は……」

樫井さんが微笑む。弱々しく。珍しく言葉に詰まる。

瞬間、何かが腑《ふ》に落ちた。

「わかった。選ばなくていい」

「いい？」

「樫井さんはみんなが好き、なんだね」

みんなが好き、とはどういう意味か。泰貴は知っている。

どれだけ好きな人でも、自分と同じではない。どれほど大切に思う相手でも、自分とは相いれない部分を持っている。それを見せつけられた時、隣で笑う人との間にあるどうしようもない距離を知る。泰貴は、樫井さんは孤独になるのだ。

ならば寄り添える相手が一人じゃなければいい。樫井さんはそう信じたに違いない。本気で思える相手が複数いれば。三倉とすれ違った時に小山田が受け止めてくれるなら。小山田に傷つけられた時に泰貴が癒してくれるならば。孤独に見舞われなくて済む。

何も悪くない。

一人きりでいる惨めさに比べれば。

初めて樫井さんを階段教室で意識したのは、その横顔に自分を見たからだった。女子たちがグループを作る中、一人きりで携帯をいじっていた。授業が終わったらすぐにイヤホンをし、去っていく。

いつしかふうちゃんをはじめ、友達が増えていった。けれど時々見せる寂しげな表情を、泰貴は知っていた。たぶん泰貴だけが。

無性に気になっていつも見ていた。いつしか手に入れたいほど魅力的に感じていた。

誰かに囲まれる楽しさ、尊さを泰貴は知っている。同時に、失うことの怖さを。

「なんかやっていけそうな気がするよ」

朗らかな口調で言った泰貴に、樫井さんは一瞬きょとんとした顔になる。

「翔や三倉さんと？」

「うん」

「もう怒らないの？」

怒らない。いや。最初から、心底怒ってなどいなかった。シェアの話を聞いた時にシフト表をその場で突き返さなかった。小山田が花見に来ると予想していても、楽しみにして泰貴は参加した。

人に囲まれて話ができる居場所。笑い合える時間。それを泰貴は求めていて、樫井さんも同じものを欲している。

だから誰より泰貴は樫井さんの近くにいる。

自分の中で整理がついたごちゃごちゃした想い、全てを伝えたかったけれど、泰貴は黙って樫井さんを見つめることしかできない。

「大丈夫。うまく伝えられないけど」

歯痒《はがゆ》さをこめてつぶやく。と、樫井さんが泰貴の手を取った。初めて触れた樫井さんの肌だった。

「なんとなく伝わった」

髪の毛に花びらをのせた、僕たちの彼女が言った。

第二章

永遠のスクロール

1

自転車のペダルを踏むごとに、鼻のむず痒《がゆ》さが加速していく。「セットですよ」と言わんばかりに目も痒くなってくる。小山田翔《おやまだかける》はマスクを家に忘れてきたことを後悔しつつ、花粉の粒子を切り裂く感覚でスピードを上げた。

大学の駐輪場に自転車を滑り入れる。新学期が始まって二週間が過ぎ、本格的な授業が始動している。

校舎に向かって歩き始めると、前方にスレンダー体型の女子が見えた。鶴谷風香《つるたにふうか》だ。

「風香」

と声をかけると肩をびくつかせてふり返る。

「あ。おはよ」

「よー」

昨日まではしていなかったマスクをしていた。覚えてる限り風香は花粉症ではない。

「風邪《かぜ》？」

「寝坊したからすっぴん」

「は？」

たしかに目がいつもより一回りぐらい小さい気がする。

「見るな見るな」

風香が顔を背け、大げさに手を振る。

「いや。興味ねぇから。っていうかマスク余分に持ってない？」

翔は洟《はな》をすすって訊《たず》ねる。

「ない」

きっぱりと答えて風香は歩きだす。


教室に着いて、翔と風香は並んで座った。翔は市販の花粉症用の薬を飲む。

「水なしでよく飲めるよね」

「ふつうだろ？」

風香がきょろきょろ周囲を見渡す。

「今日、佐奈《さな》は？」

「知らん」

「彼氏でしょうが」

「昨夜《ゆうべ》は違う」

ちょうど目を向けた中央のドアから、チェックのシャツに茶髪の男、平沼泰貴《ひらぬまたいき》が入ってくるのが見えた。

「ほれ。昨夜の彼氏の登場」

平沼は二人の席に向かってきて、後ろの席に座った。平沼は新年度になってから、専攻の違う佐奈と重複する授業を増やしていた。佐奈と同じ専攻の翔とも、必然的に一緒になることが多くなった。

「おはよう、沼」と風香が言う。

「おはよう。あれ。マスクだ」

「実は」と言いかけた風香に平沼はハッとして笑った。

「あ、わかったよ」

「佐奈は一緒じゃねぇの？」

翔は首を捻《ひね》って平沼に訊ねた。

「風邪ひいたって。微熱あるって」

「マジか。そういえば昨日喉《のど》痛いって言ってたなぁ」

と風香が言う。

「来週じゃなくてよかったんじゃない」

つまらなそうな顔で泰貴は翔に言ってくる。一週間後は翔が彼氏の日なのだ。

「今日は三倉《さくら》の日だっけ」

「うん。メールしたよ。三倉さんのことだし無理させないでキャンセルするでしょ」

「いや、あいつは佐奈の家に見舞いに行くだろ。粥《かゆ》とか作ってさ」

容易に想像できた。三倉さんは手料理も上手《うま》いんだ、と佐奈がよく自慢している。

「そっか」

感心したように頷《うなず》く平沼に、「おまえは」と翔は続ける。

「夕べも泊まらなかったのかよ」

平沼がうろたえる表情になった。

「だって風邪っぽいっていうから、夕飯なしで解散したよ」

「昨日は何した？」

「ボウリング行ってゲーセン行った」

「その前はカラオケと居酒屋だっけ？　進展させる気ねぇのかよ」

「こっちはこっちのペースがあるんだから」

「一か月も経って、ずいぶんスローペースだな」

鼻で笑うと、平沼がむっとした。

「ほっといてくれない？」

「けど佐奈はおまえの優柔不断さに呆《あき》れてるかもしれないぞ」

「そんなことない」

語調を強めた平沼に、翔は即座に言い返す。

「なんでわかるんだよ。言っとくけど俺の方がおまえより全然付き合い長いんだ」

「付き合い長いくせに、樫井《かしい》さんへの思いやりが欠けてるんだよ」

「は？」

「うーるーさーい」風香が気だるい声で割って入る。「しょぼい学園ドラマはよそでやって」

「失礼しましたー」

翔は棒読みで返し、平沼も大人しくノートの準備を始めた。いいタイミングだった、と内心風香に感謝する。花粉症のイラつきも手伝ってか、妙に喧嘩腰《けんかごし》になってしまっていた。

「教授来る前にアイメイクだけでもしてこようかなぁ」

ハンドミラーを見て風香がぶつぶつ言っている。そのうちに教授がやって来てしまった。

「いいじゃんか、一日すっぴんで」

「ありえない」

メイクなしでも気にしない佐奈とは対照的だな、と思う。だからこそ友達でいられるのかもしれない。というか、翔も佐奈とは似ていないことだらけだ。

「沼。おまえ、佐奈のどこが好き？」

意識せずに質問していた。口にしてから恥ずかしい質問だったと後悔する。

「ずいぶんストレートなこと訊いてくるんだな」

と、平沼も半笑いだ。

別に答えなくていい、とはぐらかす前に回答された。

「似てるところがあるからかな」

「おまえと佐奈に？」

平沼は妙に真剣な面持ちになる。

「なんとなくだけど」

「なんだそれ」

「でもほら。優しいじゃん樫井さん」

どことなくはぐらかす響きで、平沼が最近目にした佐奈の思いやりエピソードを披露する。

翔は聞き流しながら少しだけ落ち着かない気持ちになった。

2

初めて佐奈に出会ったのは大学一年生の時だ。その日、翔は大学近くのチェーン店のカフェに入った。最初に会計をして飲み物を受け取るスタイルの店だった。千円札を渡した時、女性店員が言った。

「情報学A、来週までにレポート提出だそうですよ」

翔は一拍置いて、自分が話しかけられたと理解した。

「はい?」

店員は、親しい友人との会話のようにすらすらと答える。

「情報学A、昨日休んだでしょ? 三十五ページの設問を来週までにやってくるって課題が出たんです。無断欠席の人には教えないって意地悪ですよね」

翔は混乱した頭を整理する。情報学Aの授業は確かに昨日自主休講した。

「もしかして同じ……大学?」

店員は「あっ」という顔をして照れたように笑った。

「そうそう。私、樫井佐奈です。同じ授業取ってて」

「あ、そうなんだ……」

樫井佐奈と名乗った店員の隣に目をやると、店長らしき男性が困惑した顔で立っていた。

佐奈も気づいたようで急いで翔の手におつりを渡す。

「ごめん。お客さん詰まっちゃうから」

反射的に謝ってコーヒーを手に席に着く。店長に何事か言われていたが、佐奈は舌を見せて微笑み返していた。最後に唐突に交じえられたタメ口に少し動揺していた。

その日はずっと、カウンターをちらちら気にしてしまった。しかし、せわしなく働く佐奈が翔と視線を合わせることはなかった。

翌日、大学で佐奈に再会した。正確にはいくつも同じ授業を取っていたのだが、今まで気づいていなかったのだ。

とある授業で話しかけ、佐奈の隣の席に座った。とりあえず課題を教えてくれた礼を言う。

「よく俺のこと覚えてましたね」

「え？」

「しゃべったことないのにさ」

佐奈は翔のトートバッグを指して「レモンスカルでしょ」と笑った。レモンスカルは翔が高校時代からはまっていたバンドで、トートバッグはライブグッズだった。だがあまり有名なバンドではない。

「レモスカ、好きなんだ?」

「うん。私、デビューしたころから聴いてたから」

「へぇー。『なるようになれ』とか?」

あれは名曲、と佐奈は目を輝かせた。

「だからね、小山田くんのこと気になってたの」

「はい?」

「レモスカ好きに悪い人はいないって」

笑顔ではあるが冗談ではないらしい。ほぼ初対面の会話でこんなことを言われた経験はなかった。

「なんていうか、変わってるってよく言われない?」

敬語はいらない、と判断して問いかけた。佐奈は眉間《みけん》に皺《しわ》を寄せて翔を見つめた。

「なんでわかるの?」

一重瞼《まぶた》、いや奥二重なのだろうか。吸い寄せられるような不思議な瞳だった。

「私ってそんなに変人？」

慌てた様子に、思わず笑った。

「抜群に変人」

「むかつくー。変人て言う方が変人だからね」

言葉と相反して佐奈は楽しそうだった。翔も楽しいと感じた。

その年の秋、二人は付き合い始めた。

3

昼休み、翔は部室棟に向かう。翔は軽音楽サークル「ＳＳＹ」（何の略かは知らない）に所属していた。活動に熱心なメンバー以外は三か月に一度程度しか大きなライブイベントはない。翔もそちら側だ。休憩所を確保したいという理由で入部しただけだった。

部室の前に来た時、ドアが開いた。出てきたのは浜野《はまの》だった。

「おう。お疲れ」

と声をかけるとぎょっとした顔をして走り寄ってくる。

「ちょっと話があるんだけど」

「ん?」

いつになく真剣な様子で声をひそめている。

「昨日さ、樫井さんが沼と歩いてるのを見たんだ。……手をつないで」

「えっ」

「でさ、沼とは長い付き合いだから放っておけなくてさっき事情を訊いたんだよ。そうしたらさんざんうろたえた挙句《あげく》、翔も容認してるから平気ってひとこと言って逃げた」

あぁ。これは面倒くさいぞ、と思った。

浜野は翔と佐奈が付き合っていることは知っているが、「シェア」については話していなかった。友人で知っているのは風香ぐらいだ。平沼が加わってからはとくに大学関係者に目撃されないよう気にしていた。翔たちの付き合い方を聞いたらたいていの友人は不快感を抱くだろう。

まあ、取り繕えなかった平沼を責めるのも酷だ。目撃されたならごまかせないだろう。

二人で喫煙所に移動した。喫煙者の友人は少数派なので浜野は貴重な存在だ。

佐奈と翔、平沼、三倉の「シェア」について説明を終える。浜野は長くなった灰を灰皿に落とした。批判されても仕方ないなと覚悟しつつ紫煙を吐いた。

「それさ、最後どうなんの？」

浜野の第一声は意外なものだったので「は？」と聞き返す。

「その付き合い方、合理的だし本人たちがいいなら問題ないと思うんだけど。どこまでも続けられるものでもないじゃん？　最後は一人に絞るなり、全員別れるなりしないと。だから期限とかあるのかなぁって」

「期限？」

考えたことがなかったわけではない。「シェア」なんてもの、いつかは終わるものだとどこかで思ってはいたが、真っ向から人に訊ねられると答えに困る。具体的な終了期限など設定していない。初めから終わりを決めておく恋愛なんてふつう、ないだろう。がしかし、そもそもシェア恋愛はふつうなのか。……否。

「もし他の二人より真剣だって自信があるなら、ちゃんと捕まえとかないといけないと思うよ。なくしてからじゃ遅いし」

「真っ当なこと言うなぁ」

「当たり前でしょ。俺は翔と樫井さんが付き合いだした当初から応援してるんだから」

「大丈夫。うまくやってるし」

浜野は真顔だ。本気で心配してくれているらしい。軽口で受け流しにくくなり、視線を逸《そ》らす。浜野はふっと息を吐く。

「ま、そういうことならいいんだよ。すっきりした」

浜野はさっぱりとした口調で言い、煙草《たばこ》を捨てると眼鏡をかけた。

「ん？　新しい眼鏡か」

「行きつけの雑貨屋が閉店セール中でさ、買っちゃった。伊達《だて》眼鏡だよ」

「裸眼で大丈夫なんだ？」

「コンタクトはしてる」

「ひねりすぎだろ」

翔は煙草をぐりぐりともみ消した。まぁ自分たちと佐奈の関係性ほどひねられてはいないか。


学校帰りに買い物をするために池袋に向かった。自転車を駅東口の駐輪場に停めてサンシャイン通り方面まで歩く。相変わらず鼻はぐずついていた。我慢できず途中のドラッグストアに入った。

マスクを買って出る。と、前方の公園に一組のカップルが見えた。女の方が手を振って去っていく。背の高いスーツの男が手を振り返しベンチに座った。ふと顔を上げた時、声をか

ける か迷っていた翔と目が合う。互いに「お」という形に口を開いた。

「学校帰り？」

三倉春仁《はるひと》がにこっと笑って眼鏡に手をやった。

ベンチに近づきながら笑い返す。

「そっちはデートが終わったところ？」

「そうだねぇ」三倉は持っていた手帳を閉じた。「佐奈ちゃんとの予定が空いてしまったから、夜までいてもよかったんだけどね」

相手の方に用事があったらしい。

女が歩いて行った方向を見やる。以前イタリアンレストランで見た相手とは明らかに違った。が、顔に見覚えがある気がした。芸能人の誰かに似ているのかもしれない。

「よくまぁ次々と女を引っかけるな。そのプレイボーイスキルを伝授してくれよ」

「スキルなんてほどのことはないよ。たとえばカフェで可愛い店員さんがいたら素直に可愛いですねと伝える。このところとろ半熟卵サンド美味《おい》しいですね、あぁ、こっちのバゲットはまた今度来た時に頼むことにします。その時は、できたら君と一緒に食べたいな。っていう流れ」

吐くしぐさをしてから翔は告げる。

「たいていドン引かれるんだよそれは」

「不思議と僕は引かれない。僕にみんなが惹《ひ》かれる」

「今、殺意覚えた。一点の曇りもない殺意を覚えた」

微苦笑しながら三倉は手帳を内ポケットにしまう。

「まぁ今のは半分冗談だよ。さて帰ろうかな」

「佐奈の見舞いに行けばいいじゃねぇか」

「佐奈ちゃんに気を遣わせちゃうよ」

肩をすくめて言う。こういう気障《きざ》なしぐさが様になるところが、腹立たしい。

「三倉」

立ち上がった三倉を呼び止める。

「俺らの関係がいつまで続くのか真面目に考えてる?」

三倉が眉《まゆ》を上げた。

「いきなりだね。どうかしたの」

「ちょっとな」

「ふうん?」三倉は腕を組んだ。「終わるだろうね。そのうち。たぶん俺が最初に佐奈ちゃんにふられる」

「なんでだ？」

翔は驚いて三倉の顔をまじまじと見た。三倉は涼しい表情だった。

「一番想像しやすいからね」

「そうなったらどうすんだよ」

「もちろん諦めて佐奈ちゃんの前から消えるよ。期限切れの恋にすがりつくなんて、ダサいし」

三倉は空を見ている。いや、サンシャイン60のビルだろうか。

「覚悟はしてるんだ」

一言を残して、三倉は離れていく。

4

買い物を終えて自宅のコーポに帰る。部屋に入って敷きっぱなしだった布団に転がった。テレビをつけて、なんとなく腹筋運動を始めた。すぐにつらくなる。中学時代はもっと軽々こなせていたのに。

子どものころ翔は足が速かった。どういう理屈かはわからないが足が速い男の子は平均より人気者になる。だから小学生の時、翔は当たり前に女子から話しかけられていた。中学に上がり陸上部に入った。足が速いんだから大会で活躍できるし内申書もいいよ、という両親の恐ろしく適当な言葉を真に受けて、入部した。

当然のごとく自分より俊足の同級生など山ほどいたので、部活の成果は大して上げられなかった。一方で女子と話すことに抵抗がない、という一点は変わらなかった。上に二人姉がいたことも大きかっただろう。思春期に特有の距離感が漂う中学生活にあって、翔は女子と気兼ねなく交流できる方だった。人格の土台は中学で完成すると誰かが言っていた。その通りだと思う。

高校一年生の時、翔は彼女ができた。初めての彼女は同じクラスの派手めな子だった。夏休みに入る直前に告白され、二学期の始業式前日にふられた。

心底驚いたし、怒りもわいた。夏休みに出かけたディズニーランドや花火大会で翔が多くお金を出していたという理由もあった。利用されただけじゃないか、と。

だがしばらくして怒りは冷めた。他人顔で平然と教室で過ごす彼女を見ながら、あぁ、夏を楽しみたかったんだな、と翔は理解した。内心ほっとしていた。相手はよくしゃべるタイプで気楽に接することができたが、友達や家族への悪口が目立ち、嫌気がさしていた。

二人目の彼女は高校一年生の冬。他校に進学していた中学の同級生だった。クラス会という名のカラオケで再会し、実は当時気になってたんだよ、とカミングアウトされたところから始まる。初経験はその彼女とだった。穏やかな人だったが、三か月経たずにメールで終わりを告げられた。『やっぱり、学校違うと難しいよね？　あと、実はお互いそういう〝好き〟じゃなかったよね？』

これが最後のメールだ。呆気《あっけ》にとられた。「なかったよね？」という疑問形で男をふる技術に感心すらした。

自分は真剣だったのに何がいけなかったのだろう、と二、三日は落ち込んだ。四日目には「そういう好きじゃなかった」と言われればそうだったのかもしれない、と切り替えられていた。

その後も二人で遊びに行く女友達はいた。なんとなく「好き」をほのめかされたり、告白をして断られたりもした。翔はそれなりに傷ついたり相手を恨めしく思ったりしたが、数日で吹っ切れるのだった。

きっといつも「期限」が決まった恋だったのだ。

佐奈に対しても別れが来たら吹っ切れるのだろう。自分の恋愛脳はそういうふうにできている。

三十五回腹筋を続けたところで仰向けになり、そう思った。

テレビではバラエティー番組のエンドロールが流れていた。お笑い芸人たちがテンションの高いトークを切り上げ「また来週」を告げる。笑うことが許される時間が終わるのだ。

5

次の日の午後の授業で佐奈は復帰していた。いつもの席で隣り合って座る。

「心配かけてごめんね」

「もう大丈夫なのか」

「大丈夫。翔とのデートはばっちり」今日から明日の午前中は翔が彼氏の日だ。「嬉しいでしょ？」

キラキラした瞳で翔を見てくる。翔はマスクをずらしてから素っ気なく言う。

「ぶり返してもあれだから休みにするか」

「ええっ。平気だよ。ネギいっぱい食べたから！」

「どんな保証なんだよ」

「風邪といったらネギでしょ？」

「あっ、なんか息、ネギくさいな」

わざとらしくマスクをつけ直して言ってやる。佐奈はショックを受けた顔になる。

「嘘っ？」

そしてハァッと翔に息を吹きかける。

「そうくるか」

「いひひ。ネギってやったぜ」

面白そうに笑う。

「意味変わってんじゃねぇか」

「お邪魔しまーす」

佐奈と共に驚いて顔を向けると後ろに風香が立っていた。今日はメイクばっちりだ。

「あっ、ふうちゃんおはよう」

「おはよ。もう平気？」

「うん。あ、でも私ネギくさいって」

「そのくだりは聞いてた。大丈夫、無臭だから」

佐奈の隣が空いていたが、風香は二人の後ろに座った。

「寝るから、隠して」

「バイト疲れ？」

「そんな感じ」

風香はあくびをして突っ伏す。

「私もそろそろ新しいバイト決めないとな。ふうちゃんのバイト先どうかな？」

風香の職場は確か、町の小さな雑貨屋だったか。

「だめ」とすげなく風香が言う。「もうじき閉店しちゃうから」

「え？　そうなの。あの……夏子《なつこ》さんのところでしょう？」

「うん」

「夏子さんて誰？」

翔が訊ねると「素敵な店長さん」と佐奈が答えた。

「そっか。やっぱ自力で探そ」

佐奈が頬杖をついて言った。

「やりたい候補はあんのか」

「んー。警備員とか？」

真顔で言ってくる佐奈を見返し、

「考え直せ」と真顔で返してから「そういえば浜野にシェアのこと話した」と続けた。

「へぇ。浜野くん知らなかったんだっけ」

なんとも呑気な相づちが返ってきて、翔はため息をつく。

「おまえと沼のデートが見られてたんだって」

「えっ、どこだろう」

なぜか今、きょろきょろとあたりを見回す佐奈の頭を叩く。

「気を付けろよ。変な噂立てるやつだっているんだから」

頭をさすりながら佐奈はニコニコと笑う。

「私たちに構う暇人なんてそうそういないよ。翔は心配性すぎ。はげるよ。ね？　ふうちゃん」

風香はすでに寝ていて無反応だった。

はげねえよ、ともう一度佐奈の頭を小突いておく。

6

五限目の授業が終わって部室棟に向かった。棟前の広場では洋楽のヒップホップに合わせてダンスの練習をする一団があった。

その隣の机ではカメラを首に下げた数名が地図を見ていて、彼らを挟んだ階段の裏手では二人の男が台本を手にセリフ合わせをしている。

大学のキャンパスは、ごった煮だな、と妙に悟った気分になる。

部室の前に来た時に足を止めた。ドアの前で俯《うつむ》いている小柄な男がいた。部員ではない。翔に気づくとびくびくした様子で見上げてくる。ぺらぺらした黒いシャツとベージュのチノパン。ぱっと見、くすんだ印象。

「何か？」

おどおどという表現の手本のようにうろたえている男は、鼻と口が大きく髭《ひげ》の剃《そ》り跡が青々していた。

「えっとぉ」面倒くさく思いながらも穏やかな口調を作る。「うちの誰かに用事？」ドアを指して訊ねると、相手は首をぶるっと震わせた。頷いているのかどうなのかわからない。

「もしかして見学希望？」

「こ、これ」

やっと相手からか細い声が発信された。そして鞄《かばん》から透明な袋に入ったハンカチを取り出す。

翔はそれを見て目を瞬《しばたた》いた。佐奈のハンカチだった。

「……僕……、お茶をこぼしちゃって、そしたら隣の人がくれて……。名前わかんなかったけど返さなきゃと思ってたんです……」

絞り出される説明に耳を傾ける。

「た、たまたまその人がこの部室に入るのを見たんです。昨日……だから、その」

「あぁ、知り合いだわ。渡しとくよ」

翔は話を打ち切るようにハンカチを受け取った。

「なんか伝える？」

「……お礼を」

「他には？」

首が、今度ははっきり横とわかる方向に揺れた。

「そっか。じゃ」

翔が言うと、そそくさと相手は去って行った。名前は聞かなかったが、まぁいいだろうと思った。

部室に入るとギターを弾く浜野とたけお先輩こと、竹田義雄《たけだよしお》がいた。たけお先輩が十年ほど前に流行《はや》ったバンドの歌を歌っている。見た目によらず高音の美声は相変わらずだ。

「お。お疲れ」

翔に気づいて二人が演奏を止める。

「お疲れー」

たけお先輩が鼻息荒く、立ち上がった。

「なぁなぁ翔。一緒にプロを目指さないか」

「現実逃避ですか、先輩」

「逃避してねぇし！　戦ってるし」

机の隅に書きかけの履歴書が置かれているのを見る。

「先輩のじゃないっすか」

「あれはただの紙屑《かみくず》だ。一緒にプロを……」

「一晩かけて書いた挙句、最後の志望動機で書き損じたんだって」

浜野が苦笑する。

「修正液使っちゃいけないんだ？　厳しい」

「先輩たちもここを去っていく時が近づいてるんだね」

「社会に旅立って行くんだな」

「聞け！」

たけお先輩がギターをしゃかしゃかかき鳴らしてから叫ぶ。

「ライブやろうぜ！　社会の荒波と戦おうぜ！」

「だいぶ痛々しいね」

「負け戦オーラ半端ないな」

絶叫するたけお先輩を浜野に任せて、奥の窓際に進む。ソファに座ってポケットのハンカチを握りしめた。

7

佐奈と落ち合って、佐奈のマンションに向かった。

ゼミで発表をしたという佐奈は疲れた様子だったので、翔が料理を作ると申し出た。

わーい、と喜んだ佐奈にリクエストを訊ねる。

「うーん。ビーフストロガノフ」

「なんだそれ。めちゃくちゃレベル高そう」

「ロシア料理。難しそうなのは名前だけよ」ベッドに寝転がった佐奈が言う。「でもいらない。ビーフストロガノフって言ってみたかっただけ」

「は？」

翔はキッチンでフライパンやボウルをとりあえず並べる。

「なんかかっこよくない？　翔も言ってみ」

「ビーフストロガノフ」

「ね？」

「ビーフストラディバリウス、とかなかったか？」

「それはたぶんビーフつかない、バイオリンの超高いやつ」

「で、何食うんだよ」

「パスタ」

「ざっくりしてんな」

調理台の下からパスタを出し、鍋《なべ》を火にかける。佐奈を背にして玉ねぎを切る。

「なぁ」さりげないふうで翔は声をかけた。「なんかこう、友達少なそうな一年の男子に、ハンカチ貸しただろ」

「え？　あぁ、うん」

今日、ハンカチを渡されて、先日平沼から聞いた「思いやりエピソード」と結びついた。

──ラウンジに一人で座ってた一年生がいたんだけど、お茶をこぼしちゃってさ。近くに座ってた樫井さんがすっとハンカチを差し出して。全然知らない相手にだよ。──

包丁を置き、沸騰した湯に塩をぱらぱら入れる。ガスコンロはさすがに沸騰が早い。翔の部屋は電気だから熱くなるのに時間がかかる。

　玉ねぎ切りを再開しようとして、涙がにじむ。花粉やら玉ねぎやら、思わぬものに泣かされてばかりだ。

「部室に返しに来た。ありがとうって」

「そうだったんだ。名前聞いた？」

「いいや」

　翔が否定すると
「会いたかったなぁ」と残念そうに佐奈が言った。「お話したかった」

　包丁が滑り、玉ねぎがまな板からこぼれ落ちた。

「節度ってねぇの？」

　自分の声がにわかに苛立つ。

「節度？」

　意味不明、というふうな佐奈の声。ふり返ってベッドに座る彼女に歩み寄った。ポケットから出したハンカチを投げる。

「また男を釣ろうとしたんだ？」

「違うよ！」ハンカチを拾った佐奈が声を上げた。「そんなつもりなかった」

「説得力ねぇし」冷めた声で翔は言った。「シェアはいいけど、人選はちゃんとしてくれよ。変な男巻き込んで面倒なことになったらどうするんだ。ちょっとは頭使え」

「なんでそんなこと言うの？　私の話、いつも信じてくれないよね。私はいつも楽しく過ごしたいのにそうやってすぐ怒る」

佐奈がとげとげしい声で言う。

あーあ、いつもの流れだ、と理性的に眺める自分が翔の中にいた。だが止められない。

翔は舌打ちをしてキッチンに戻り、鍋の火を止めた。

「もう一回言うけどさ、説得力ねえんだよ。せっかく夕飯作ってやろうとしてんのに余計なこと……」

「そんなこと言うなら作ってくれなくていい。どいて。私作る」

「じゃあ帰るわ」

佐奈の瞳が動く。

「何しにきたの」

「おまえのせいだろ」

翔は怒鳴った。佐奈が睨《にら》み返してくる。

「ちゃんと話そうともしないくせに。こんなことばっかり」

佐奈の震えた怒声を身に受けながら部屋を横切る。

「いつも同じことくり返すのはどっちだよ。学習しろよ」

靴を履き、足早に部屋を出た。ばたん、とドアを閉める。


夜道を歩いて、石神井川《しゃくじいがわ》にかかる橋の欄干に凭《もた》れた。煙草に火をつける。最後の一本だった。煙を吐いて目線を上げた。下ってきた道のたもとに観音像がある。比較的新しい建立で、異様な存在感を放っている。「谷津大観音」というらしい。初めて佐奈の家を訪れた時、この観音像に驚き、笑った。なんでこんなところに大仏があるんだよ、と。

佐奈は笑う翔を「失礼だよ」となぜか真面目にたしなめた。そして「こういうのあるだけで安心するじゃない」と告げた。こういうの呼ばわりも失礼だろ、とつっこんだ記憶がある。

だが確かに今ではこの橋と川音、この観音像のある景色が翔には当たり前になっていて、気持ちが落ち着くのだった。佐奈と過ごす日常の景色。その一部になっているからだろう。

一か月ほど前にも大きな喧嘩があった。

その日は翔がゼミのレポートを教授に痛烈に批判された日だった。佐奈に愚痴《ぐち》を聞いてもらいたかった。だが、悩み事を先に相談してきたのは佐奈の方だった。翔は聞き役になるしかなかった。ふだんからそうなのだ。翔は常に受け止める側で、いざ頼ろうとするとタイミングを奪われてしまう。少しずつそれがストレスになる。

しかもその時の佐奈の悩みは「三人目の彼氏を作るって言ったらどう思う」という話だった。

「付き合いたい奴ができたってこと？」

「うーん。そういうわけじゃ……」

「でなきゃなんでそんな質問したんだよ」

「もしもの話なのに。どうしたの？　やきもちですかー？」

軽快な口調で言った佐奈を見て、翔は体の奥から熱くなった。その時、佐奈のスマホにメールが入った。まだ付き合う前の、平沼のメールだった。翔は佐奈の手からスマホを奪い取った。

「ちょっと。返してよ」

平沼のメールは飛鳥山《あすかやま》公園についての質問だけだったが、佐奈の態度から、この平沼こそが三人目の彼氏候補だと察しがついた。

「どんな奴？」

「どんなって……うーん。よく知らない。たぶんいい人だよ」

手を伸ばした佐奈を振り払い、翔はメールを削除した。

「なにするの！」

「もっとよく考えて人を選べよ」

スマホを受け取った佐奈は翔を非難する目で見て、「私だって考えてる」と言った。その先は、激しく、不毛な言い争いになった。

わかっている。

佐奈には、計算高さや狡猾《こうかつ》さといったものがない。人を嫌ったり妬《ねた》んだりという感情とも無縁の、さっぱりとした性格の持ち主だ。人からの敵意も受け流すし、向けられる悪意も意に介さない。人の良い側面だけを見て、好きになる。

だから翔は自然体で付き合っていられるのだ。

だが、その無垢《むく》な性格は危険だ。他人に簡単に踏み込まれ、傷つけられてしまう危うさがある。だから翔は佐奈を守る盾でありたい、と望んでいる。

気恥ずかしい決意の再確認に苦笑が漏れたころ、スマホが震えた。

短くなった煙草を携帯灰皿に捨てて電話に出る。

『……ごめん。翔』

佐奈が言った。

いつものトーンで。さっきまでの怒りが萎んでいく。

「いや、俺が悪かった。病み上がりだったのに。ごめんな」

翔は答える。

いつものトーンより少し優しくなるように。

いつもそう、心がけている。

『翔。帰ってきて』

声に全身が痺《しび》れた。スマホを握ったまま、来た道を走って戻る。こうやって走る時だけ、陸上部だったころを思い出す。

佐奈の部屋のドアを開く。玄関のすぐ前に不安そうな面持ちの佐奈が立っていた。

「翔……」

何も言わせないように翔は、靴を脱ぎ捨てて佐奈を腕に抱いた。

小さく喘《あえ》いだ佐奈をそのまま部屋の中に押し戻し、二人でベッドに倒れ込む。

「先にパスタ作るか？」

息を切らしながら翔は訊いた。翔の胸に押し付けられた佐奈の首が、激しく横に動いた。

8

翌日から四日間はノーデートデイ。佐奈がどの彼氏とも遊ばないフリーな日になっていた。

翔は大学図書館に向かう。レポートに必要な資料探しのためだ。

図書館の入り口からちょうど出てくる平沼が見えた。

「うおっ。沼」勢いで思いつき、「魚沼産コシヒカリ」と呼んでみる。

平沼が気づいてしかめ面になる。

「俺は魚沼産コシヒカリじゃない」

「知ってるわ！」

平沼がため息をついた。

「なんでこんなのと樫井さんが付き合ってるんだ」

「こっちのセリフだっつーの」

「樫井さん、今日はバイト面接だっけ」

平沼に言われてそういえばそう言っていたなと思い出す。佐奈は以前のカフェを辞めてからはずっと短期のバイトでつないでいた。

「決まるといいね」

「あいつ面接とか苦手らしいけど」

「そうなんだ。意外な感じ。誰相手でもマイペースにできそうなのに」

「あれ」

唐突に思い出したことがあった。平沼が「どうした？」と顔を向けてくる。翔は何度も先日の一場面を脳内再生する。

「おい？」

平沼の声に、まとまっていない頭をごまかして「なんでもない」と反応する。

「一つ聞いときたいんだけど。プレゼントは予定通りのものだよね？」

平沼が訊いてきた。

「あ？　あぁ」

「えっ？　もしかして変更した？　教えてくれなきゃルール違反じゃない？」

「変更してねぇし。ルールとか最初は嫌ってたくせに」

「合わせてやってるんだよ。努力して」

「なんで上から目線だよ。文句は童貞卒業してから言え？」

言葉に詰まった平沼を無視して図書館に入っていく。開いてしまった記憶に戸惑っていた。

偶然？　偶然なわけがない。

なら、どうして。

昼休み、翔は三倉に電話をした。電話に出た三倉はいつになく間延びした声だった。

『珍しいねぇ。電話なんて』

「こないだ池袋で俺と会った時、一緒にいた女、誰だった？」

考える間があった。

『あぁ……うん？　誰って……』

口ごもる三倉にかぶせるように言う。

「なんとか祐美子《ゆみこ》って名前じゃなかったか」

『どうして知ってるの』

間の抜けた声を三倉が発する。

やっぱりそうだ。

「あのたとえ話は半分はリアルなやつだったんだもんな。カフェでナンパっていう」

『確かに祐美子ちゃんはカフェ店員だけど、ん？　何？』

翔はさらに質問を続け、回答を得ると三倉の疑問には答えずに電話を切った。

部室棟近くの喫煙所に翔は座っていた。電話を手にしたまま一歩、二歩と歩いていく。大した話ではない、と呼びかけてくる理性的な自分の声は、やはり今日も無力だ。翔は立て続けにくしゃみをした。涙の滲《にじ》む目で宙を睨みつけるが、花粉は目に見えない。

その日から三日間、授業で佐奈と顔を合わせても翔はふつうに振る舞った。「ふつうに振る舞うこと」を意識している自分にもやもやしたが、自然に収まるのを待つしかなかった。佐奈はふだん通り話しかけてくる。翔の口数が減ると平沼や風香、浜野がいつもよりしゃべり、楽しそうに笑う。佐奈の笑顔が弾ける。すると、余計に謎《なぞ》めいた不安が膨らむのだった。

「なんか元気ない？」

風香に訊かれた。

「え？」翔は鼻を鳴らした。「花粉症でだるいだけ」

と、目をこすりつつごまかす。ふうん、と引き下がった風香に代わって平沼が、「なんか悩んでんの？」と小声で言ってきた。

平沼に心配されている自分がやけに無様に思えた。

「生理だよ、生理」

「訊いた俺が馬鹿だった」

そのままうやむやにしたかったが、ふと思い出して翔は訊ねた。

「こないだ言ってたよな。おまえと佐奈は似てるのか？」

「え？　あぁ、あれはちょっと恥ずかしい発言だったかも」

「恥ずかしい発言は今更だよ、ミスター大学デビュー」

むっとした表情で口を押さえつつも、平沼は答えた。

「ただいろいろ考えてるんだろうなって思うよ。樫井さんは」

「いろいろ？」

「たぶん、俺たち全部とうまく付き合うために、一生懸命考えてる」

言いきった平沼の横顔を見て翔は内心でつぶやいている。おまえに何がわかるんだよ、と。

9

ノーデートデイ明けのその日は、翔の日だった。授業が終わって翔と佐奈は大学を出た。スイーツバイキングに行ってから、お台場で遊ぶ予定だ。

タルトを食べている佐奈がはしゃぐ。

「今日はゆりかもめなんて贅沢《ぜいたく》な物に乗っていいんだ？」

「いいんだよ」

翔はスイーツよりパスタを皿に盛っていた。

「やったー」

佐奈は朝からいつもより浮かれているように見えた。当然だ。漂うチョコの香りと、カルボナーラの風味が混ざり合う。異種混合の空気を、吸う。

「佐奈」

「ん？」

「誕生日おめでとう」

お願いします、と翔が手を上げると、音楽が鳴り、店員が「ハッピーバースデイ」を歌いながらやってくる。

「きゃっ」と佐奈が珍しい悲鳴を上げて翔を見る。周りの席の客も空気を読んで手拍子をしてくれた。店員が花火のささったバースデイケーキを佐奈の前に置く。

「おめでとう」もう一度、翔は言った。「新しい歳《とし》も、元気でいてくれよ」

佐奈が満面の笑顔をこぼす。

「プレゼント」

平沼と三倉にあらかじめ伝えていた通りのプレゼントを、渡す。先日、三倉に会った日に池袋で買ったネックレスだ。

包みを開けた佐奈が言う。

「ありがとう……高かったでしょう」

「去年のハンカチよりは」なんて言葉は呑み込んだ。

「そうでもない。っていうか誕生日だしな」

佐奈の瞳がじわっと潤んでいく。

こんな時でも。たまらなく愛しい、と翔は思った。


ゆりかもめの車両に揺られて、翔は自分の推測を改めて整理する。きっと間違ってはいない。

三倉と付き合っていた女は翔の知り合いだった。あの女は以前まで行きつけだったカフェの店員、祐美子だ。去年の十二月まで佐奈が勤めていた、あのカフェの同僚。

初めて佐奈が翔に声をかけたあのカフェに、翔はもうずいぶん行っていない。

翔と佐奈が付き合い始めた去年の秋、佐奈には彼氏がいた。あのカフェの店長だ。別れてから付き合ったのではない。期間は重複していた。当時、佐奈は店長に持ちかけたらしい。

「翔と一緒に私をシェアしませんか？」と。

あの店長はシェアなどという非常識な付き合い方を受容しなかった。だから佐奈は店長と別れたが、少しの期間、翔は佐奈の「浮気相手」だった。

それで構わないと割り切って付き合ったのだ。またいつもの「互いの暇つぶし」の恋愛が始まる。冷めた自分が、そう捉えていた。だったら変わり者の方が刺激的で面白そうだと。

佐奈がバイト先で孤立し始めたのは秋ごろからだったらしい。しかしこれは佐奈の口から聞いたのではない。佐奈は何も言わなかった。ただ「店長と気まずいし、辞める」と言っていただけだった。

店長と同級生の二股をかけた尻軽な女。

恋人をシェアだなんてありえない。

恋愛観がどうかしている。

職場で噂が広まり、嫌がらせを受けるようになった。首謀者は、あの祐美子だった。理由はわからない。祐美子の行き過ぎた正義感だったのかもしれないし、祐美子が店長に好意を抱いていたのかもしれない。確かなことは佐奈を徹底的に悪とみなしたということだ。祐美子は佐奈が職場にいられない環境を作り上げ、退職に追いやった。

全ての話を翔は今年になってから聞いた。教えてくれたのは風香だ。佐奈は風香には打ち明けていたらしい。

「翔には心配かけたくなかったんじゃない」と風香は気遣ってくれたが、翔の驚きは小さくなかった。風香はなおもこう言った。

「っていうかそんな気にしてないって。佐奈は」

その時、確かにそうかもな、と翔は頷いた。佐奈は悩んでいる様子などおくびにも出さなかった。嫌がらせなど馬耳東風なのかもしれない。もし気にしたとしても引きずらない。すぐに立ち直れる。まるで、翔の過去の恋愛と同じ。

そう納得していた。ある種の鈍感さが佐奈の欠点であり強さであると認識していたし、それに慣れ、呆れて、自分が守らなければと考えていた。

しかし。三倉に電話で確かめてわかった事実に、翔は自分が間違っていたのだと気づいた。

祐美子を三倉に紹介したのは佐奈だった。もちろんバイト先で佐奈に起きた事情を知らない三倉に、佐奈はこう言ったのだという。

「前のバイト先の友達が彼氏欲しがってるんです。三倉さんは彼女のタイプだと思いますよ」

結果、三倉は祐美子に声をかけ、付き合うことになった。

ここで重要なのは、三倉のこだわりだ。

三倉は複数の女性と同時に付き合う。詳しくは知らないが交際開始にあたって契約を交わすのだという。要は、三倉は女たちにとって「シェア彼氏」なのだ。最低の男には違いないが、佐奈同様、相手にそれを隠さないし、契約に納得しない相手とは決して付き合わない。

つまり祐美子は、自分が三倉を他の女とシェアしている自覚がある。

かつて佐奈の行為を否定し「悪」とした祐美子が、佐奈と同じ形の恋愛を自分でしている。

佐奈が善意から祐美子と三倉を付き合わせた可能性はあるだろうか。低い、と翔は結論付けた。では佐奈の行動は何なのか。

仕返しだ。

祐美子を、祐美子が嫌悪していた場所に引きずり下ろし、プライドを折らせた。

しかも祐美子は、三倉が佐奈の彼氏でもあるということは知らない。

佐奈はそれを素知らぬ顔で眺めている。


「ぼーっとしてるけどどうしたの？」

隣の佐奈がきょとんとしていた。ゆりかもめはもうすぐお台場海浜公園に到着する。

「……レインボーブリッジきれいだなーって見てたんだよ」

「うん、きれいだねぇ」佐奈が翔の手を握る。「翔のバースデイ、いっぱいいっぱいお返しするからね！」

車窓の夜景を見た佐奈が、柔らかい笑みで言う。胸元に、つけたばかりのネックレスがきらめいている。

10

　昼近くまで、翔と佐奈は翔の部屋で寝ていた。目覚めて佐奈は翔の部屋に常備された歯ブラシで歯を磨いた。それから手早く洗い物をして、まだ横になっている翔の元に着替えを用意した。

「翔、今日は何限から行く？」

「四限」

「じゃ先に行くね」

　メイク道具を並べてもすぐには化粧に取り掛からず、佐奈はスマホをいじっていた。

「ふうちゃん日記アップしてる。まめだなぁ」

「早く準備したら？」

「はーい」

　佐奈がメイクを終えたのは十二時過ぎだった。今日はもう翔の彼女ではない。

　午後からは平沼が彼氏の日だ。

　佐奈が「翔、これ」と言ってノートを渡してきた。

「ん？」

「次回提出のレポート。どうせやってないでしょ。写していいよ。まとめといたの」

佐奈の言うとおり、やっていなかったし、忘れていた。

「あれ単位落としたらまずいでしょ。だけど仕上げは自分で書いてね」

ノートには、翔が書きやすいよう要点がマーカーしてあった。

「佐奈」

こっちを向いた佐奈の唇にキスをした。佐奈の腕が背中に回された。

唇を離すと、瞼を閉じた佐奈が胸に顔をうずめる。

「わ。今の、めっちゃ優しかった」

佐奈が言う。

気のせいだろ、と翔は答えた。

11

佐奈を見送ってから翔はマスクをして外に出た。自転車に乗るが、大学に行く気が起きなかった。佐奈とも平沼とも顔を合わせたくない。レポートを仕上げるという口実でその日の授業をサボり、近場のカフェで無益な時間を過ごした。

バイトも、友達と会う予定も、何もない日だった。あっという間に夕方になる。オレンジ色の空を見てなぜか強い焦りを覚えた。心のリズムがおかしい。

部屋に帰ると余計に沈む予感があった。意味もなくペダルを漕ぎ、繁華街の店を巡ってみる。人がいればいるほど孤独感が増す。どこに行っても今日は独りである気がした。

何軒目かにTSUTAYAに入った。賑《にぎ》やかに歌声と話し声が流れる店内をうろうろする。と、新譜のコーナーに「レモンスカル」のCDが並んでいた。

佐奈との初対面の日を思い返す。

ちょうどあの時期、翔はこのバンドへの愛着が薄れ始めていた。万人受けといわれるような、盛り上がらない曲が増えていたのだ。

だが、佐奈は「今のレモンスカルも好きだよ」と言っていた。しかしもう翔は半年以上聴いていない。

新譜のタイトルを見る。「夏の始まり」。なんとも平凡なタイトルに、早くも落胆を覚える。だいたいまだ四月だ。季節を先取りしすぎじゃないのか。

一応聴いてみようと試聴機のヘッドホンをつける。

再生ボタンを押す。

流れだしたのがピアノの音色だったので驚いた。翔の知る限りピアノを使った曲はレモンスカルになかった。やっぱり変わってしまった、と失望しかけたが、鍵盤が跳ねるような規則的な旋律は心地よくもあった。

唐突にドラムが乗り、ギターがメロディアスに入ってくる。不意打ちのように、ベースの低音が激しくかき鳴らされた。

ボーカルが歌いだす瞬間、息を吸う音がざらりと鼓膜を撫《な》でた。淡々としたボーカルが歌詞を紡ぎだす。歌い方も昔と違う。だがこれはこれで言葉の一つ一つが噛《か》みしめられていいのかもしれない。

ギターが駆け上がり、曲がサビに差し掛かる。

——もうすぐ夏が始まる　初めから
終わりが見えてる眩《まぶ》しい季節
さみしいのは期待のせいさ
君も見えるだろう　水平線に
ちゃんと終わりのある永遠が

ヘッドホンを外した時、頭がぼんやりしていた。やはり今のレモンスカルは、好きじゃない。

気づくと石神井川沿いの道を走っていた。今日は翔の日ではない。わかっていても無性に佐奈に会いたかった。

……違う。

〝平沼の彼女〟でいる時間の佐奈を見たかった。自分の知らない佐奈を知りたくて、居ても立ってもいられない。

佐奈のマンションの前に着く。部屋の電気はまだついていなかった。向かいにある公園の木陰のベンチに座った。まるでストーカーだ。どうなってるんだ、俺。

あぁ、そうか。

佐奈のことが、好きなのだ。

——どれぐらい私のこと好き？

高校で二人目に付き合った彼女に、当時言われた言葉だ。「そういう好きじゃなかったよね」で、ふられる間際だった。

「どれぐらい、ってどう答えるのが正解？」

あの時の翔の回答は間違っていた、と今はわかる。

別れても立ち直れる程度の恋をずっとしてきた。佐奈に対してもそのつもりでいた。だって「シェア」なんて、その程度じゃなきゃ成り立たない。いつか終わるのに。

笑い声がした。

佐奈と平沼が手をつないで歩いている。

平沼が佐奈の部屋まで一緒にくるということがどういうことか、その瞬間まで考えていなかった。

二人は共同玄関をくぐり、ドアの中に消えていく。佐奈の部屋の電気が点《とも》ったのを見届けてから、翔は逃げるように自転車にまたがった。

自分の知らない佐奈はいたか？　満足に確かめることなどできないほど、距離は遠かった。

12

頰が、濡れる。

泣いているのかと慌てて我に返ると、いつのまにか小雨が降っていた。翔がペダルを漕ぐごとに強くなっていく。

翔は湿り始めたマスクを外した。しずくが唇に当たる。

横断歩道に差し掛かった時、スマホが震えた。ＬＩＮＥの友人グループに、浜野からメッセージが届いている。

〈今からたけお先輩の家で飲み会やるんだけど来ない？〉

という文と共に、ガスコンロと鍋、肉の写真が添付されている。

独りが耐え難かった今夜の翔にとっては渡りに船、だ。

たけお先輩の住まいは、今いるところからも近い。すぐ行く、と返事を打つと飲み物だけ買ってくるように、と返信がきた。

たけお先輩の家近くのコンビニに立ち寄った。酒のコーナーに近づくと、そこに立っていたスーツの女が息を吞む音がした。ぶつかったわけでもないのに大げさだな、と思いつつ横切ろうとする。

「翔？」

驚いて目線を上げる。

「えっ。風香？」

風香は黒いリクルートスーツ姿で、化粧もナチュラルだった。ぱっと見て気づかないはずだ。

「違うし」風香は雨に濡れた前髪を指で梳《す》いた。「今週インターンシップなの」

「インターンシップ？　おまえが？」

驚いて指さす。

「……コスプレか？」

「失礼でしょ」

「いやいやいや……まじかよ。そういえば昨日今日、見かけなかったけど」

何か言いたげに風香の口元が動いた。ふう、という小さなため息が発される。

「もうすぐ始まるよ。私は自分の飲み物買いにきたの」

あぁ、たけお先輩の宅飲みに風香も参加していたんだな、と納得する。

「っていうか、さっきのＬＩＮＥ、二分前ぐらいだったよね。来るの早くない？」

「たまたま、近くにいたんだ」

不審そうな目を向けられる。

「夜のサイクリングってやつ」

「いや、どんなやつそれ？」

「俺もいろいろあるんだ」

「えぇっ。何？」

「いろいろはいろいろだから。気にすんなっつーの」

面倒くさそうに言ってみるが、今夜、誰かと話をすることができてよかったと思った。凝り固まっていた心の澱《おり》がほぐれる。感謝する、風香。と、内心で手を合わせた。

「何買う？　奢《おご》るぞ」

「ええっ？　何？　どうしたの」

「どうもしてねぇって」

「いや、最近やっぱ変だし」

「だから、こっちの話っていうかさぁ」

問い詰められても困るのだ。感謝しているのについうんざりした声になってしまう。

「いいから欲しいもの言ってみ。ほれ」

「……じゃあ、ほろよい」

「おっけー」

会計を済ませて外に出た。たけお先輩の家はすぐそこだった。

ふいに翔が手に持った袋に、がさっと荒々しく風香の手が侵入した。驚く間もなく缶ビールが抜き取られる。風香はプルトップを開け、口をつけた。

「おいそれは俺の」

と、翔が言い終わらないうちに、ぐいぐいと飲んでいく。

「なんだその唐突な一気は？」

ぐふっと風香が咳き込む。

風香は缶を離し、口元を拭う。

「はぁ、はぁ。まずい」

「青汁じゃねぇんだから」

「何汁なわけ？」

「ん、麦かな？」

もう一度風香は缶をあおり、翔に渡した。中身は多少残っていたが、ゴミ箱に捨てた。赤みがさした風香の顔を見やる。

「おまえこそなんかあったのか」

「あったよ」

「……どうした」

「なんでもない」

風香はよろよろと歩きだした。

なんでもないってことはないだろ。

言い返そうとして自分がさっき同じようにはぐらかしたことに思い当たる。そりゃ、みんないろいろあるに決まっている。近しい友達にも言えないこと。自分だけで抱えなきゃいけないことが。

「ごちそうさま」

少し気まずそうに言って先に風香が歩きだす。

元よりスタイルがいい風香は、スーツがよく似合っていて、白く長い脚が映えていた。ちょっとエロいな、と思ってしまう。

「雨強くなってきた」

「だな」

「傘、借りてくればよかった」

「チャリ、ニケツする？」

翔が言うと風香は「二人乗りは違反だから」とすっぱり答えた。

「あー、でも一気飲みの後にはいいかも、この雨。ね？」

そう言って翔の顔を見てくる。メイクのせいだろう、いつもより落ち着いた大人の顔に見えた。

「あぁ。かもなー」

唐突に、風香に悩みを打ち明けてしまいたい衝動にかられた。風香は佐奈からも相談を受けていたし、自分たちの「シェア」を知っても引かない貴重な友達だ。話せばもっと楽になるかもしれない。

大きく深呼吸して翔はこらえた。だめだ。今夜は少なくともやめておいたほうがいい。珍しく理性的な自分の主張が、勝ちそうだった。

先ほどまで収まっていた焦燥感がにわかに盛り返してくる。

今ごろ。平沼は初めて佐奈を抱いているころだろうか。奥歯をぐっと噛みしめる。

シェアなんて、いつまで続けるんだ。いつか終わるものを、いつまで。

初めて抱いた欲求。

佐奈を独り占めしたい。いや、本当はずっと抱えていた思いだったのだ。

今日は自分の部屋に帰らなくて、よかった。帰っても部屋には誰もいない。わずかに夕べの佐奈の残り香があるだけだ。

「早くしないと」立ち止まった翔に風香が言う。「みんな待ってるから」

おう、と頷こうとした翔は、雨を縫って鼻腔に忍び込んだ花粉で、大きなくしゃみをした。

第三章

記す秘密の日

1

抱きついたらどうなるだろう？　なんて考えていた。その背中を見ては、ずっと。

たいてい、教室で鶴谷風香《つるたにふうか》は佐奈《さな》と翔《かける》が肩を並べているその後ろに座る。歩く時もそうだ。佐奈と翔の、あるいは翔と二人だけでの時も、風香は斜め後ろについていく。

そのたび、翔の背中を見つめて考える。今、ひと思いに抱きしめようか。

もちろんそれは笑ってしまうほどに脆《もろ》い妄想で、絶対ありえない。

今夜、たけお先輩の家で宅飲みがあった。

たけお先輩の部屋は、汚い。開始前、最初に着いた風香と浜野《はまの》はまず掃除から始めた。脱ぎ捨てた衣類や髪の毛や埃に驚愕《きょうがく》したけれど、浜野は掃除好きなのか生き生きした表情だった。当のたけお先輩は「ご苦労ご苦労」といって眺めるだけだった。

「手伝う気はないんですか」

「逆に足手まといになって怒られるからな」

「怒りませんてば」

「いいや。掃除をしている時と平和を手に入れようとしている時、人はもっとも攻撃的になるんだ」

ドヤ顔で言ってくる。

「わけがわかりません」

「俺、洗い物するね」

浜野が台所に立ち、風香はクイックルワイパーで掃除した。参加者が次々と集まってきて状況を呑み込み、たけお先輩にブーイングを浴びせた。

しばらくして買い出しに出た風香はコンビニで偶然、翔と会った。最近様子がおかしいのはわかっていた。きっと佐奈と何かあったんだろう。事情を訊《き》いた風香に、翔は投げやりに言った。

――いろいろはいろいろだから。気にすんなっつーの。

――こっちの話っていうかさぁ。

私は翔の「いろいろ」を知ることができない。

翔と佐奈がいる「そっち」の住人ではない。

当たり前のことを痛感した。

コンビニから戻り、風香は体裁だけすき焼きっていう、ごちゃごちゃな鍋《なべ》をみんなと囲んだ。

スーツ姿の風香にやたらとたけお先輩が嚙《か》みついた。「今から社会の荒波に呑まれてどうするんだ。スーツを脱ぎ捨てろ。裸になるんだ」と酒に呑まれた巨体の先輩はくだをまいた。

「完全なセクハラですね」

風香は受け流して、適当に笑ったり怒ったりした。

鍋の底が見えたころ、翔が煙草《たばこ》を吸い始めた。

私の隣に座る浜野も一度煙草に手を伸ばしたけど吸わず、いち早くテーブルを拭いたりゴミを集めたりし始めた。

「浜野、いい奥さんになるよ」

風香が言うと「でしょ」と浜野が微笑《ほほえ》む。

「翔とは違うんだよ」

「なんでわざわざ俺を出すんだ」

翔がブーイングを挟んでくる。

「亭主関白なイメージ」

「偏見だ」

「イメージあるよ」

風香が相づちを打つと、翔は口を尖《とが》らして煙を天井に吐いた。

「でも料理とか掃除とか、案外マメなんだよね」自分でからかっておきながら、浜野がフォローを入れた。「たぶん樫井《かしい》さんよりできそう」

「そうなんだよ俺はできる子なの」と言い、翔は席を立った。トイレに向かう。佐奈の話題を避けたようにも見えた。

「やっぱあれかな」浜野がつぶやく。「沼の加入で関係変わったのかな」

「シェアのこと？」風香が声を潜めると、浜野はハッとした。「翔が、浜野にシェアがばれたって言ってた」

「そう、そうなんだよ。最近知っちゃって」浜野は苦笑して頭を掻《か》いた。「面白いことしてるよね」

「面白いかな。浜野もやりたい？」

「全然。俺、好きな人は独占したいし」

さらっと言う割にパンチのあるセリフだった。浜野は気にしない様子で続けた。

「翔も、独占欲強いと思うんだよね。なんだかんだ樫井さんのことすごく好きだしさ、あいつ」

翔がトイレから戻ってきたので浜野は言葉を切った。風香は表情を取り繕う。

みんなといつもみたいに話した。風香には興味のない話題ばかりで、ろくに参加もできない。タイミングを見て「そろそろ帰ります」と席を立った。

真夜中、帰宅して風香は泣いた。

雨に濡れて帰って、ドアに鍵をかけた瞬間、涙腺《るいせん》のロックが外れた。子どもだな、と自分が嫌になった。翔の前で今日は何ができただろう。ビールの一気飲み？　変な女に見られただけで終わったし。ビールの美味《おい》しさも、わからなかったし。

まざまざと突きつけられる。翔のことが好きだ、という自分の本音を、自分自身に。

翔が風香の気持ちに気づくことはない。気づかれたら側《そば》にいられないことを、風香はわかっている。

風香は脱いだスーツをハンガーにかけ、ベッドに転がる。今日で一週間のインターンシップが終わった。

インターンシップは何事もなく、というか、なさすぎるほど無難に終わった。他校のインターン生とグループになり、商品企画のプレゼンをした。それ以外にはエクセルに数値の入力をしたり、書類を仕分けしたりという作業もしたが、実際どれほど社会勉強になったのかはよくわからない。プレゼンの評価がわりと高かったのは、他大学のリーダーが優秀だったおかげで、風香はとくに活躍していなかった。その割に、疲労感がハンパない。

とりあえず、と体を奮い立たせてメイクを落とす。コンタクトを外して眼鏡をかけ、部屋着に着替えた。あっという間に無防備な自分になった。

――ノーメイクでも可愛いんだね。超羨《うらやま》しい。

知り合ってしばらくしたころの佐奈の声が脳裏に蘇《よみがえ》った。

あまり気分がよくない。気を紛らわせるために寝転がってパソコンに向かった。ＹｏｕＴｕｂｅを開き、差しっぱなしのイヤホンを耳につける。ＰＶがアップされたばかりの、深夜アニメのエンディングテーマを再生した。そういえば今日放送の日だ。ちらっと時間を見る。あと二時間半。起きてられそうにない。

歌うバンドはレモンスカルという。以前は興味がなかったけど、翔が好きだということを知って聞くようになった。翔いわく、「昔の曲の方がいい」らしい。同じくファンだという佐奈は「最近の曲が好き」だと言う。

議論する二人を見る風香は、「昔も最近も大して好きじゃない」＝レモンスカルは好きじゃなかった。

なのに、毎晩のように聴いている。いつか好きになれたら翔との距離が縮まるんじゃないか、なんて甘い妄想がある。

アップテンポな音楽を耳に引き入れながら、お気に入りからSNSのサイトを開いた。日記のタグをクリックする。

白紙のテキストが浮かぶ。とりあえずインターンシップ終わりました、ってことを書こう。それだけのことを、つらつらと。

キーボードに指をのせる。

「あー」

明日、ネイルも塗り直そう。

2

風香の大学にはいくつかの学部がある。風香は文学部社会心理学科に所属している。佐奈と翔も同じだ。学科は違うけれど平沼泰貴《ひらぬまたいき》も文学部なので、履修する授業が重複することが多い。その三人は、付き合っている。彼らの恋愛システムは理解できない。だからといってどうこう批判するメリットはない。

「ふうちゃん、えらいよね」

大学内、カフェテラス。テーブルに突っ伏した佐奈がしみじみと言う、昼下がり。

「何が？」

「こんな早くからインターンやったり」

「なんかアクションを起こしてないと親がうるさいんだってば」

風香の地元は群馬県だ。帰ろうと思えばすぐに帰れる距離。だけれど、最近は帰るたびに将来のこと、就職のことをしつこく言われる。

「でもさー、ちゃんと動いてるって事実は変わらないし。それに引き換えですよ。私は何をしているの」

「自由すぎる恋愛？」

「当たってる」と佐奈が苦笑いした。「そうだ。翔なんか、就職しないでひもになる、とか言ってて。冗談だろうけどさ」

だめじゃん、と相づちを打って、笑う。翔にしては珍しいことを言ったな、と思った。

「あ。噂をすれば」

佐奈が顔を上げた。翔がカフェテラスに入ってくるのが見える。昨日は会わなかったので、一昨日《おととい》の夜の鍋以来だ。

自動的に少し胸がざわつく。

「ねみーよー」とあくびをしながら翔が佐奈の向かい、私の斜め前に座る。嗅《か》ぎ慣れた翔の匂いを、風香は密《ひそ》かに吸う。煙草の混ざった、ほろ苦い匂い。

もう悩み事は解決したんだろうか。

窺《うかが》うような視線を向けると、翔の視線が正面からぶつかってきた。小さく息が詰まる。自分の表情は動じていないだろうか。気づかれていないだろうか。片思いを隠せるメイク術があるなら、今すぐ手に入れたい。

「あとは浜野くんね」

佐奈が言った。

四人で昼ご飯を食べにいく。ピザとパスタの食べ放題のお店だ。佐奈は小柄な見た目に似合わず大食いだし、翔や浜野もよく食べる。風香はどちらかといえば小食なので食べ放題に連れていかれると早々にギブアップしてしまう。一緒に行く目的は食事じゃない。食べているみんなを観察し、話をして、楽しむこと。あるいは、翔の近くにいること。

十分と経たずに浜野が現れた。

左右が白と黒で分かれたカットソーと、紺色のサルエルパンツ。浜野はこうした緩いファッションを好んで着ることが多い。

「お」と、浜野が風香の方を見て声を出す。「鶴谷さん、新しいネイルいいね」

虚を突かれた。

「あ、ありがと」

昨日変えたばかりの花柄のネイルを、浜野は一瞥《いちべつ》してからルーズリーフに目を戻した。ちら、と翔を見る。翔は風香がネイルを変えても気づかないし、興味も抱かない。当たり前のことだ。

3

一時間後、風香たちは学生を中心に賑《にぎ》わう店にいた。バイキング形式の食べ放題なので、料理が並んだテーブルに客が群がっていた。風香は目の前で狙っていたゴルゴンゾーラピザが消滅し、唇を尖らせた。フライドポテトが予想外に美味しく、少量しかとってこなかったのを後悔した。

「ゴールデンウィークなんか予定ある？」

風香が席に戻ると、ジェノベーゼのパスタをぐるぐる巻きながら佐奈が言った。

「後半、地元に帰る。あとはバイト」

「そっかそっか。地元か」

「佐奈ってどこだっけ。実家」

「寒いところ」

ふつうに答えろよ、と内心で思う。

「青森な」戻ってきた翔が言った。ピザの他にカレーライスもよそってきたらしい。

「すぐ答えたら味気ないじゃない」

「味気関係ねぇよ」

あぁそうだ、青森の話をたまにするじゃないかと思い出す。佐奈にはあまり青森県のイメージが結びつかない。けれどそもそも青森のイメージってなんだ。

翔を見る。翔の地元は栃木だ。群馬の隣。

「っていうか翔は帰らないの？」

「夏に戻ればいいべ。だって近いし」

「そう、それ」

風香は笑った。関東圏はすぐ帰れる距離なので、改まって帰る気がなかなか起きない。

「せっかくなんだから遊びたいよね。沼も誘ってさ」

浜野が口を開く。それから、取りすぎた、といってポテトを風香の皿に取り分ける。ラッキーと内心思った。

今日は、平沼は用事があるとかで、いない。二人の彼氏が同じ彼女と一緒に遊ぶとはどんな気持ちなんだろうか。しかも彼らのルールでは日によって「彼氏」が決まっている。昨日自分の恋人だった女性が今日は「友達」で、友人の「彼女」として目の前にいる。

理解不能。

「遊ぶっつってもなぁ、なにも」

「いいね！　遊ぼう」

翔の発言を遮り、佐奈が言う。

「ふつうじゃないことしたいなぁ」

「シェア恋愛？」

皮肉以外の何物でもない言葉が風香の口から漏れていた。けれど誰も本気だとは気づかない。

「鶴谷さんの毒舌入りましたー」

「胸いてーわ」

浜野と翔が言い、「言葉もありません」と佐奈がうなだれる真似をする。風香も笑えば、冗談以外の何物でもなくなる。

「で、ふつうじゃないことってなんだよ？」

「わかんないよ」他人事《ひとごと》のように佐奈は言う。「なんかさ、わくわくするような、非日常な体験てないのかなあ？　変わったこととか起きてない？　身の周りで」

「ねぇよ」と翔。

「つまんない男。お姉さんは悲しいよ。何かさ、ミステリアスな事件ないかなー」

佐奈のぼやきに内心で「あっ」と反応した。風香のバイト先での出来事だ。でも考えて、口にするのはやめた。バイト先の自分とここでの自分は、いっしょくたにしたくないという気持ちがある。風香は黙って昨日のバイト先での出来事を思い返した。

4

風香のバイト先は、『ジョハリ』という、小さな雑貨店だった。店名は、コミュニケーション学とかで使われる「ジョハリの窓」から取ったと店長から聞いた。

バイトを始めたのは一年生の夏だから、もうすぐ二年になる。そして二年目で終わることが決まっていた。

「そのケースの中身も、こっちに移しちゃってくれる？」

店長の夏子《なつこ》さんが言った。はい、と返事をして風香は目の前のショーケースに残っていたアクセサリーを中央の値引きコーナーに移した。

ジョハリは来月いっぱいで閉店する。

もともと恵まれた立地とは言えなかった。最寄駅は反対側が再開発によって栄えていて、店のある方は絵に描いたような「しなびた商店街」だった。その角のテナントで、ジョハリは八年間営業をした。もっと早くにつぶれてもおかしくなかったんだけど、と夏子さんは笑う。

「地域のおじちゃんおばちゃんと、安い雑貨好きな学生がいてくれたから、ここまで凌《しの》げてこれたの」

風香もその安い雑貨好きな学生だった。当時一人暮らしを始めたばかりで、近所を探検していた。ふらりと店に入って、夏子さんと話をして、いい人だな、と思った。出会った時、夏子さんは三十四歳だった。今年は三十六だけれど、二十代で通るほどに若く見える。特別美人ではないし、肌も間近で見れば年相応なんだけれど、発されるオーラが、若いのだ。決してよくしゃべる人ではない。ただ話していると、安心する。親元を離れたばかりの風香がバイト先に選んだ理由は、その居心地のよさだった。

そのジョハリが閉店すると聞いた時は少なからずショックだったけれど、別に経営破たんなどではないと説明されてほっとした。今月はみるみる店の商品が減っていき、来客の合間に整理整頓をしていた。今年は職場体験学習の受入れできなかったな、と夏子さんがカレンダーを見て残念そうに言った。しょうがないですよ、と相づちを打つ。

「そういえば風香ちゃん、次のバイトは見つかった？」

「まだです。今度居酒屋の面接に行ってきます」

「居酒屋？」と夏子さんが目を丸くしている。

「イメージ合わないですか？」

「危ないんじゃない？　風香ちゃん可愛いから。お客さんたちによからぬことをされそう」

「まず居酒屋ってそんな危なくないですし、私そんな可愛くないです」

二つ目は、謙遜だ。

風香は自分の可愛さを自覚している。だって可愛くなる努力をしている。

夏子さんは微笑んだ。

「初めてお客さんで来たときの風香ちゃんとは今は別人だものね」

「ちょっとー、言わないでくださいよ」

風香は出入り口に目をやった。お客さんが入ってくれば話が途切れるんじゃないか、と期待したのだけれど来客はない。代わりに、そのガラス扉から二年前の、冴えない自分が入ってくるような錯覚を覚えた。

　人はある日突然、変わるわけじゃない。自分でも気づかないうちに変化は起きていて、はっとした瞬間、変わる前の自分はいなくなっている。

「風香ちゃんの彼氏にはとうとう出会えなかったわね」

　悪戯《いたずら》っぽく夏子さんは言い、パソコンの前に座った。

「面目ないです。なかなかいい人いなくて」

「いないはずないわよ」夏子さんが熱をこめて言う。「趣味が合いそうな人とか、風香ちゃんに細かい気配りをしてくれる人とか、いない？」

　翔とは違うな、と思って苦笑し、首を横に振る。

　風香は何気なく訊《たず》ねる。

「バイトの初日、私のこと褒《ほ》めてくれたの覚えてますか？」

「あなた、見た目によらず声が低いのよね。そこもセクシーポイントよ」

　淡々と一言一句たがわぬセリフを再現されて驚く。照れたように夏子さんが笑う。

「我ながら変なこと言ったと思う。二年間も変な店長に付き合わされて大丈夫だった？」

「夏子さんは全然変じゃありません。私、本当に変な友人を知ってますから」

「そうなの？　その人にも会いたかったけど」

風香は曖昧《あいまい》に笑った。

夏子さんがパソコンを開く。ブログのコメントをチェックしていた。夏子さんは夕べも店のブログを更新していた。閉店が決まる前は商品の告知もあったけれど、夏子さんの雑記がメインで、それを期待している読者が多い。文章は時にとても情感豊かで、時に笑えて、読んでいて面白い。

『うららかな春はもう旅立ってしまって、来年まで帰ってきませんね。今週は雨続きです。誰かにとっては涙雨。誰かにとっては優しい雨。空のおとしものをどう感じるかで、心の様子がわかるのかもしれませんね。静かに雨音に耳を傾けて、自分と向き合う時間は大事なのかも』

『今日はレインウエアを目玉に張り切って売ろう！　と思っていたら、天気予報が外れて青空。暑い暑い一日です。夏の先遣隊が来ていますね。してやられました』

『常連のお客さまが、閉店を寂しいといってくれるのが、とても嬉しいです。初めてご来店のお客さまとも、一期一会の気持ちで接客していきたいです。今日は初来店の方にすごく心が落ち着くお店、といわれて、テンションが上がっております』……

実は風香がSNSでまめに日記を書くのは夏子さんの影響だった。夏子さんの文章にはとても及ばない、駄文だけど。

営業開始から二、三時間経ったころ、商品の陳列を直している時に風香は異変に気付いた。ランチボックスが並ぶコーナーだ。台には商品のポップがセロテープで貼ってある。主に夏子さんや風香が手書きでデザインしたものだ。

今そこには、カードが貼ってあった。確かにポップだ。だけど夏子さんや風香、他の従業員が作った物じゃない。

雑に切った色画用紙に、マジックでただ『ランチボックス』と書かれているだけ。お世辞にもうまい字ではない。イラストもない。

すぐに風香は夏子さんに伝えた。

「またなの？」と夏子さんが眉《まゆ》を寄せた。

「はい」

そう。ポップのすり替え事件は、これで二度目なのだ。

二週間前だったわね、と夏子さんが腕組みして言う。一回目のことだ。その時はダストボックスの商品ポップだった。

「はい。私がインターンシップ行ってる間はなかったんですよね」

「なかった。いったい誰かしら」

「悪質な悪戯ですよ」

「悪戯、にしては変なやり方よね」

確かに万引きでも、物を壊すでもなく、ポップをすり替えるって、ずいぶん微妙な嫌がらせだ。だからこそ、気味悪くもある。

「何かのメッセージ？　暗号だったりして」

ところが風香の不安とは対照的に、夏子さんはどこか興奮気味なのだから困る。

「怒るところですよ。店長として」

夏子さんは微苦笑した。

「二度あることは三度あるって言うわよね。またやられるかも」

ジョハリに防犯カメラはない。次こそは犯人を捕まえてやる、と風香は決意をした。二年間働いた、素敵な職場の有終の美を、心無い人の嫌がらせで汚されたくはないから。

5

食べ放題を終えて、浜野はバイトに行った。佐奈は彼氏に会いに行くということだった。

「今夜が平沼だっけ」

翔が確認すると佐奈が頷《うなず》く。

「あいつも奥手を卒業したか」

「うん。わりと大胆なところある。ギャップ萌えとはこのことかと」

神妙な顔で佐奈が言うと、翔が笑い飛ばす。

佐奈がばいばい、と手を振って離れていく。見送る翔の横顔を見て、風香の胸に痛みが走った。

同時に佐奈への怒りが芽生える。どうして気づかないのだろう。あるいは気づいていて、わざと翔を苦しめているんじゃないのか。

佐奈は以前のバイト先の人間関係でひと悶着《もんちゃく》起こしたことがある。その話には翔も関わっていたのに、佐奈は翔に事実を告げなかった。風香にだけ話をした。

――ふうちゃんは話しやすいから。

あの時も佐奈は、計算していたのかもしれない。風香から翔に話すだろうと。そうすることで翔の気持ちを翻弄《ほんろう》したかったんじゃないのか。

考えすぎだろうか。

「素直に言ったら？」

衝動に押し出されて言葉が出る。怪訝《けげん》そうにこちらを見た翔に、なおも続けた。

「嫌なんじゃないの？　沼が進展してるって話を聞くの。むしろシェア自体、ちょっとやめたくなってるんじゃない?」

「ん?」

「翔の気持ち。自分でわかってないみたいだから。はっきり言ったほうがいいって。佐奈にもさ……シェアはやめて自分と付き合え、的なことを」

風香は言った。言いながら、虫歯を頬の上から押してみた時のような痛みを感じた。途中から、翔から顔を逸《そ》らして、意味なく横断歩道の信号を見ている。翔の返事を待つ。青信号の点滅がカウントダウン。怒るだろうか、否定するだろうか。

「クールに言ってくれるよなぁ」

「えっ?」

動きだした車列から、視線を翔に戻す。脱力したような笑みを浮かべていた。

「やっぱ鋭いな。実際、ちょっとそうかもって感じなんだよ」

「認めるんだ?」

「本当は誰かに話したいって思ってたんだ。マジ参るわー」

「そっか。じゃあ、よかった」

笑いながら、痛みが急激に空しさに変わっていく。翔は怒りもしなかったし否定もしなかった。風香に対して隠さなかった。嬉しいことなんかではない。呆《あき》れるほどに自分は彼らの

「恋」にとっては、部外者だということだ。

「今の関係壊して佐奈を俺だけの彼女にしたいかって言うと、まだ確信は持てなくてさ」

いつのまにか翔は歩きだしていて、風香の体も斜め後ろからついて行っている。風香の喉《のど》は、適当な相づちを発している。翔にとって、冷静な相談者としての声で。

なんだこれ。

二人は街の喧騒《けんそう》を離れて、細い歩道に入っていた。翔が一駅分歩こう、と言ったからだ。何駅分でも歩くよ、という本音を閉じ込めて「まぁいいよ」と頷く。

住宅地や地域密着の商店が並ぶ坂を歩く。大学生になって佐奈や翔とつるむようになってから知った駅までの裏道。

「沼は佐奈と似てるらしいんだ。たぶん、俺よりあいつは佐奈の近い所にいるんだよな」

翔は夕暮れの空を見上げた。風香もつられて空を見る。オレンジ色の夕焼けだった。おいおい、演出しすぎだろ太陽、と悪態をつきたくなる。

「後から出てきた癖にずりいよな」

「ずりいかもね」

「風香は浮いた話ねぇの？　気になる奴とか」

翔がふり返った。気にしないふりで空を見つめる。じっと。

「いない」

贅沢《ぜいたく》、と翔が笑う。

「私、人を好きになるってことがよくわかんないっていうか」

一年前まで、翔と出会う前までの「事実」を答えた。それまでは本当に恋愛に一喜一憂する友人たちを、対岸の出来事みたいに眺めていた。面倒くさそうな対人作業に熱くなる理由がわからなかった。

空のオレンジが水彩画みたいに滲《にじ》む。釘づけた視線を意地でも動かしはしない。

「なんかイメージはあるわ」

そう言った翔が前を向いたのを見て、瞬きをした。

「でしょ？」

閉じた睫《まつ》毛《げ》に夕日の粒が染みていた。

6

夜、日記を書いた。二時間かかった。日記を書くのに二時間かかった、という日記を書いてもいいぐらいだった。

まずは食べ放題に行ったこと。漫然と覚えている、会話の内容を書こうとした。デザートピザがイマイチだったこと。隣の席の二人組のモヒカン頭にみんなで笑いそうになったこと、たけお先輩が履歴書で紙飛行機を作った、という浜野から聞いた話。会話は弾んでいたし、あんなに笑っていたのに、文章にした途端、素っ気ないメモ書きになってしまう。文章力がほしいな、と切実に思う。ただのSNSだけど。

物足りないから、ポップすり替え事件のことも書きたいな、と思った。ネットだし、具体的なことは書けない。考えて、二行だけにした。

『身近に、ちょっと迷惑な奴が現れた。

軽くこらしめたい気分』

更新ボタンを押す。

SNSに日記を公開する人間のほとんどは、かまってちゃんか、生活の自慢をしたい輩《やから》だ、と誰かが偉そうに言っていた。ああ、わかります、と風香は深く頷く。自分は前者か後者か。

結論は、どっちも、だ。

かまってちゃんに限りなく近い第三の理由もある。風香は待っている。SNSの「友達」には翔も入っているから、ログインしているのを確認するたびに、コメントを書いてくれるんじゃないかって期待をしている。興味をわずかでも持っていてくれないかと。

新着コメントがあります、という通知を見るたびに心は躍り、タグを開くたびにやっぱり翔の風香への言葉はそこにない。そもそも翔は人の日記にあまりコメントをしないし自分のページも更新しないタイプだけど。

気分を変えようとジョハリのブログを開いた。トップページはお店と、大きな窓のイラストだ。ジョハリの窓を意識しているんだろう。風香は一年生の時にコミュニケーション学の授業で知ったジョハリの窓の概要を思い出す。人には四つの窓がある、という話。開かれた窓、盲点の窓、秘密の窓、未知の窓。自己分析に使ったりするモデルだけど、夏子さんは「響きが好きなだけ」と言っていた。

夏子さんは今日も更新していた。風香同様、商品ポップ事件に触れていた。

『ちょっと、お店でミステリアスな事件が起きています』

……ミステリアスっていうか、営業妨害に近いのに。

『詳しくは書けませんが、不思議な、ちょっとした事件です。もしこのブログの読者さんの中に、心当たりがある人がいたら、理由を教えてください。心当たりがなくて、気になっているのです』

仮に犯人が読んでいても、名乗り出るわけない。夏子さんの天然な部分にちょっと苦笑いが漏れた。

ため息をついて自分のページに戻る。と、同時にスマホが鳴った。気構えもなく手に取り、画面を見ると翔からだったので「えっ」と声が出る。

まさかさっきの自分の気持ちが超自然的な力で伝わってしまったのか？　と、微笑ましい空想が二秒間だけ膨らんで、消えた。ただの偶然だろうけれど、でも、なんだろう。

「もしもし？」

『おー。俺だけど今電話大丈夫？』

「うん。基本いつでも大丈夫」

どうせ気づかれないので含みを持たせて言ってみる。

『そりゃよかったわ』

ほら。

『日記読んだんだよ、今』

「へっ？」ドキリとした。「私の日記？」

『あぁ。迷惑な奴がいるとかいうやつ』

翔の声が少し酔っていることに気づいた。

『今日全然そんな話してなかったじゃん。誰のこと』

「なんで？」

『愚痴《ぐち》でも聞いてやろうかと思って』

どうして？　と重ねて訊きたかったけれど、風香の口をついて出たのは「今、一人？」という確認だった。

『一人だよ』

答えを聞いたけど、その先はない。

『今日、俺も話聞いてもらったし。まあ話したくないならいいんだけど』

「ううん。聞いて。せっかくだから」

可愛げのない平坦な口調で、風香は答えた。事件のことを具体的に、ちょっと大げさに愚痴った。

ほんの数分しゃべって、すっきりしたかも、とお礼を言ったら、よかったわ、といって翔は電話を切った。

静寂が降りた部屋で、風香の胸の中だけがざわついている。

7

次の日、風香は佐奈といた。いつも通りの大学の日常。翔とも話したけれど、昨夜《ゆうべ》の電話の話を佐奈の前ではお互い、持ち出さなかった。そのことを風香はちょっと嬉しく思った。

昼休み、風香と佐奈は大学から少し離れたコンビニにお昼ご飯を買いに行った。最寄りのコンビニは混んでいて、ちょっと歩いた先のスパゲティ屋に行ったら臨時休業で、結果、ふだんあまり行かない場所のコンビニにいたのだ。

昼時なのでここも混んでいた。佐奈がロコモコ丼、風香はパスタサラダを手に並んだ。あと二人ぐらいになった時、前方で荒っぽい声がした。中年のおじさんがレジの若いコンビニ店員を怒鳴っている。「遅い」とか「声が全然聞こえねぇ」とか、断片的に聞こえた。漏れなく嫌な気分になる。

若い店員は俯《うつむ》いている。おじさんは暴力的な舌打ちを残し、出ていった。

順番が来た。

いらっしゃいませ、と言う店員の声が震え気味だった。あれ、と気づく。店員の顔に見覚えがあった。確か、同じ大学の、一年生。

「あっ、君」一緒にいた佐奈が声を上げた。「前に会ったね」

店員が佐奈を見て目を見開いた。以前ラウンジでお茶をこぼし、佐奈にハンカチを借りた一年生だ。

「……あ、いらっしゃいませ」

「今の、大丈夫だった？　気にしなくていいよ」

そういって話しかける佐奈の神経を、風香は疑ってしまう。風香たちの後ろにも成り行きを見ていた客がいるのに。

「佐奈、やめなって」

え、という顔をする友達を制して、風香は「二人まとめてで。ロコモコ丼は温めなくていいです」と小さく言う。

店員、名札を見ると「黒崎」というらしい一年生は、ぐっとこらえた表情で風香たちの会計をした。

袋を受け取った風香は佐奈を促す。佐奈は、黒崎に顔を向けて、言った。

「頑張ってね！」

どうしてそういうこと言えるの、と風香は叫びたい気分だった。黒崎は耳まで真っ赤にしていた。

コンビニを出ると、佐奈は「時間ないから急ごう」と、何事もなかったかのように早歩きを始めた。今の自分の行為に、間違ったかもしれないという意識はこれっぽっちもないみたいだった。

風香は「だね」とだけ相づちを打った。

8

ジョハリのポップすり替え事件、三回目はその日の夕方起きた。

レジに立っていた風香の目に一人の男が止まった。がっしりとした体格の若い男性客。髪は短く刈り込んであり、耳にはピアスをしている。少し足を引きずっていた。

以前、来たことがある客だ。でも、いつだったっけ。

漠然と視線を向けていると、男が挙動不審であることに気づいた。何度も商品のポップに手を伸ばし、レジを窺っては引っ込める。他の商品の前に移動し、同じことをくり返す。商品を吟味している様子ではない。

もしかして。

疑惑は的中した。

風香が見ていないふりをして目の端で観察していると、男が食器売り場の前で屈《かが》み、ポケットからカードを取り出した。素早くポップを剝《は》がし、カードを代わりに貼り付けた。

現行犯だ。

風香は夏子さんにレジお願いします、といって犯人に近づいた。

すると、気づいた男は目を泳がせ、逃げだした。

「待って」

無駄なセリフを投げてみる。もちろん男は止まらず店を飛びだした。夏子さんが呼びかけてきたけど、風香は無視して後を追った。

男は店先に停まっていた原付バイクにまたがり、あっという間に走りだしていた。風香は原付のナンバーを凝視して、とっさに手の甲にメモした。

お店に戻ると、夏子さんが食器売り場の前にいた。ポップは、またお粗末な手書きにすり替えられていた。


夜、帰宅した風香は大きなため息をつく。

結局あの後出された夏子さんの方針は、様子を見ようということだった。風香は納得できなかった。三回目の悪戯だ。警察に届けてもいいレベルなのに。

でも夏子さんは「きっとまた来てくれるわ」と、珍客の来訪を楽しみにしている様子だ。もやもやした。

ジョハリが馬鹿にされている。もうすぐ閉店の、風香の思い出と夏子さんの優しさが詰まったお店が。なのに夏子さんは怒らない。

ＳＮＳにおさまらない気持ちをぶつけようかと考えた。でも吐きだす先を、風香は変えていた。

衝動に任せて、翔に電話する。

呼び出し音は五回で途切れて、「もしもし」という翔の声が返ってくる。

「起きてた？」

と訊いた。

『起きてた』

「一人？」

『一人』

風香は今日の出来事を話す。翔は「なんだそれ。面白いな」と感想を告げた。

「面白くないってば。私、もやもやしてる」

『んー、要は風香が犯人を見つければすっきりすんじゃねぇ？』

「私が？」

思わぬ提案に驚く。

『原チャのナンバー、控えたんだろ』

「控えたけど、調べられないでしょ」

警察じゃないし、と言い返すと翔は「いや、手があるんだな、これが」と企む声で言った。

『こういう時に使えるのは、女ったらしだ』

少し間を空けて、考えたけど、

「うん。意味がわからない」

と正直に言う。

9

次の日の昼下がり、風香と翔は大学近くのカフェにいた。翔が呼び出したのは、佐奈の彼氏の、平沼じゃない方。

「鶴谷風香ちゃんだっけ」

三倉春仁《さくらはるひと》は、ずいぶん前に一度会っただけの風香のフルネームを覚えていた。驚いたし、若干引いた。若干で済んだのは三倉の外見と人当たりの良さ所以《ゆえん》で、そこが若干、悔しかった。

「で、僕にその原付バイクの男を探せと？」

コーヒーをすすり、テーブルの写真を見た三倉が言うと、翔が即座に首を横に振る。

「あんたじゃなくて、あんたの元カノに探偵いただろ？」

「マリちゃんのことね」

「名前とか知らねえし」

「元気かなぁ、マリちゃん」のほほんとした口調で三倉はスマホをいじる。翔がマンゴージュースをストローでかき混ぜた。「最後に連絡したの四か月前だよ」

「連絡してくれるのかくれないのか……」

「あ、もしもし」

翔が話している途中で三倉は通話を始めた。

「マリちゃん？　ごめんね、突然。うん久しぶり。元気だよ。……残念だけど復縁の電話じゃないんだ。……あ、わかってた？　あははは。そう。頼みたいことがあるんだけど」

二分弱で三倉は電話を終えた。

「探してくれるってさ」

翔が歪んだ笑みで「どうも、ありがとう、ございます」と告げる。

「四か月ぶりの、別れた彼女との電話だったんですか？　今の」

風香は訊ねた。

「そうだよ。軽すぎた？」

「ていうか」適度な表現を自分なりに考えたけれど思いつかず、「軽すぎました」と答える。

「誰にでも軽くいけるわけじゃないんだよ」

「ちなみに、今まで何人と付き合ったんですか？」

「サッカーチームができるぐらいかな」

「十一人？」

「一チームとは言ってない」

風香は自分の顔が険しくなるのがわかった。三倉はそれを見て苦笑する。真面目に話すつもりはないらしい。

「こないだのとは別れたか？」

翔が言った。気のせいか、硬い口調になっている。

「明日別れる予定だよ」

「へぇー」

やっぱり、この人たちの恋愛観は理解できない。

付き合う時に「別れ」を決めているなんて、不誠実以外の何物でもない。相手の女性がいないならそれでいいんだろう。けれど彼らの輪の「外側」にいる風香には、汚れたものに見える。

トイレ、といって翔が席を立った。三倉と無理に会話をする気は起きず、風香は黙ってコーヒーを飲んだ。

「君は小山田《おやまだ》くんのこと好きなの？」

危うくマンガみたいにコーヒーを噴きそうになる。

「……はい？」

三倉はトイレの方を指して、もう一度ゆっくりと言った。

「好きなの？　彼のこと」

「好きってなんですか」

動揺を押し殺して逆に訊ねる。

「哲学的な返答だね」感心したように三倉が言う。「答えないでいいよ。なんとなくそんな気がしただけだから。それにしてもこんな人探し、よくやるね」

「大学生は暇なんです」

三倉が宙を見て「ああ、そうかも」と納得する。

「恋でもしなきゃって気分になるよね」

「何がおっしゃりたいんでしょうか」

あくまで丁寧な口調で聞き返すと、三倉も劣らぬ穏やかさで「だからやっぱり君、好きなんじゃない？」と返してくる。

「少なくともあなたのことは好きじゃないです」

いくらなんでも言い過ぎたかも、とすぐ後悔した。でも三倉は愉快そうに笑った。

「それ、正しいよ」

まじまじと三倉の顔を見た。腹黒い、プレイボーイの印象と同時に、どことなく落ち着いた印象を相手に与えてくる。

「たくさんの女の子と付き合ってて、誰が一番好きとかないんですか？」

「みんなそれぞれに一番好きな部分があるんだ」

三倉が首をすくめた。

コーヒーを一口飲んで、もう一つ風香は質問をした。

「佐奈は、どんなところが一番なんですか」

三倉が顎《あご》に手を当てて考えるしぐさをしてから、風香の顔を直視してきた。

「わかりやすくいうと、君にあって、佐奈ちゃんにないもの、だね」

「わかりにくいです」

「誰かを思う一途《いちず》さと、キラキラした可愛さが彼女にはない。そこが一番、彼女の魅力」

翔が戻ってきた。

「聞いてくれよ。トイレの紙が切れてたんだよ」

「超どうでもいい」

「大変だったねぇ」

適当すぎるあしらいと労《いた》わりを受けて翔は口をつぐんだ。

翔は佐奈の好きなところを訊いたらなんと答えるのだろう。

訊きたくもないけれど。


夕方には「マリちゃん」から調査結果が届いたと聞いて、風香は驚いた。伊達《だて》じゃないな、探偵。翔に三倉から連絡が入った時、風香は翔と浜野と、教室を移動中だった。

原付の持ち主は宇野健一《うのけんいち》というらしい。

風香と翔の反応を見た浜野が怪訝な顔を向けてきたので、事の流れを説明した。

「えっ。犯人を捕まえる気なの？」

「うーん。捕まえるっていうか」

「捕まえるんじゃねぇの？」

翔は聞いてないぞという顔をした。

「危なくないかな」

「俺も一緒に行くって。本当にやばかったら逃げればいいし」

楽観的だ。でも、一緒に来てくれるんだ、と思った。

浜野は腕を組んでいる。

「な……えっと、店長さんの意見は聞かなくていいの？」

確かに悩みどころではある。

「わかった」風香は言った。「捕まえるんじゃなくて、とりあえず犯人がどこの誰か突き止めるまでにする。ね。あとは夏子さんに聞いてみる」

「夏子っていうんだっけ。店長。おっけー。いいんじゃね」

翔があくびしながら言った。


あくる土曜日、風香と翔は犯人の元へ向かうことにした。

バイクの持ち主、宇野健一は品川区に住んでいるという。一人暮らしではないらしい。

「探偵に依頼料とか払わなくていいの」

京浜東北線に揺られながら風香は翔に訊いた。

「大丈夫らしい。三倉が飯でも奢《おご》るのかも」

「三倉さんにお礼はした方がいいかな」

「いや、昨日のチラシが報酬代わりなんだろ」

三倉は別れ際、友人が出ているという劇団のチラシを風香たちに渡した。よかったら見てやって、と。

翔はぼーっとドアの上のモニターを見ている。天気予報が流れていた。午後から雨だという。

昨日もう一つ、翔には聞こえないように三倉が風香に囁《ささや》いた言葉があった。

「奪っちゃえば？」

余計なお世話だ。と嘯《うそぶ》きつつ、昨日より肌の露出が多いチュニックとミニスカートを合わせてきた自分を、正直アホだと思う。

大井町駅で降りて、マリちゃんが調べた住所に向かう。

細い坂道を下る。左手には小学校があって、休みなのに子どもの声がした。スポーツ少年団とかがあるのかもしれない。

横断歩道で信号待ちをする。急にサイレンが響いてびくっとした。翔も軽く地面から跳び上がった。後ろの消防署から消防車が出ていく。

間抜けな顔の翔と目が合い、「びびりすぎだよ」と言い合って、笑う。

電車の天気予報は当たっていて、徐々に空は曇ってきていた。雲のせいっていうわけじゃないけど不安が増してくる。

「……今更だけど宇野って人の家にいきなり行ってどうしたらいいのかな？」

「んー、なんとかなるんじゃね？」

やっぱり翔は楽観的だった。

二十分も歩いて、翔がきょろきょろし始めた。ほどなく道に迷った、と結論に至る。

「なんでナビを見ながら迷うわけ」

休憩、と言って翔は、公園の車止めに腰かけ、胸ポケットから取り出した煙草を一本くわえた。

「ここ、吸っちゃダメなんじゃない」

「人いねぇし」

「私がいるってば」

風香はぱっと翔の手から煙草を取り上げた。

「馬鹿。何すんだよ」

「マナーでしょうが」

「あ」翔の肩越しに風香は目線を留めた。「あいつ」

後ろを見ると、地味な色合いのマンションがあった。一階の部屋を出てきた男は、一昨日ジョハリで見た男に間違いなかった。思い切り、風香と目が合う。

「う、宇野さんですか」

後には引けず、風香は声を発した。

「あっ。なんで」

宇野は明らかに戸惑った様子だったけれど、逃げる素振りはなかった。翔が宇野に近づいていく。

ここにきてさすがに翔も緊張を覗《のぞ》かせていたけれど、引き返すことはしなかった。風香はただ、後ろに続いていく。

改めて近くで見ると、縦にも横にも体のでかい男だった。髪はぼさぼさで、目つきも悪い。

「宇野さん？」と翔が訊ねる。

「……ええっと。そう。宇野」

「この間」風香は進み出た。「ジョハリの商品ポップに悪戯しましたよね」

男が鋭く反応した。細い目をぐっと見開くと、ハハッと笑った。

「悪戯か。ま、そうだよな」

風香と翔は目を見合わせた。宇野は部屋を指さした。

「上がってく？　うるさいガキいるけど」

通された部屋は隅に洗濯物が散乱していた。これから洗うものなのか乾いたものなのかよくわからない。ちらっと台所を見るとゴミ袋も溜まっていた。

「あれぇ？　お兄ちゃん早い」

てててて、という足音を立て、小さな女の子が奥から走り出てきた。

「ちょっとお客さん。なずな、あいさつ」

「こんにちは」

なずなと呼ばれた女の子は、五歳ぐらいだろうか。まるっとした顔で髪をちょんまげに結われている。

「こんにちは」と風香と翔はぼそぼそ、と返す。「妹？」

「どう見ても姉ちゃんじゃねぇっしょ」

宇野が笑って言った。

「奥で遊んでろ」となずなに言ってから、宇野は畳に座った。

「よくわかりましたね。俺の家」

「バイクのナンバー見たんで」

探偵に依頼したことまで言わなかったけれど、宇野はとくに追及してこなかった。

「なんであんなことしたのか、話すんで。あ、お兄さん煙草いいっすよ」

翔の胸ポケットを見て宇野が言う。翔もここでは遠慮した。じゃ、俺は吸おうといって宇野は煙草をくわえた。

宇野健一は風香たちと同い年だった。そして、説明に必要だから、と身の上話を滔々《とうとう》と語りだした。

宇野が高校入学の年に飲食店を経営していた父が脳梗塞《のうこうそく》で倒れた。一か月意識不明が続き、亡くなったという。専業主婦だった母親が仕事を始めたけれど、とても生活費はまかなえない。生まれたばかりのなずなの世話も見なくてはいけなかった。おまけに頼りにできる親族も少なかったらしい。宇野は高校を中退して、就職。いくつかの職種を転々としてから、物流の会社で働きだした。正社員ではないが、母の収入と合わせて家族が生きていける生活費を得ていた。でも。

「バイクで転んで怪我《けが》しちゃって。見事にクビ」

あんなに頑張ったのにさ、といって宇野は笑った。煙を吐いて煙草を灰皿に捨てた。

「再就職っつったって、不景気だし、中卒のこんなのを雇ってくれるとこないし？　もう俺何やってんだって悶々としてたら思い出したの」

「思い出した？」

「中二の職場体験学習」

中学の時、風香もやった。地域のお店や施設に行って、数日間仕事をする、体験授業。

「もしかして、ジョハリで？」

翔が言い、風香はハッとした。ジョハリでは職場体験学習の受入れを去年までしていた。

宇野は頷く。

「俺、ラッピング上手《うま》いって褒められたんすよ。夏子さんに。あの時間は楽しかった。一緒に行った同級生も相性良いメンツだったし。中学生だった俺は、仕事って楽しいなって、マジで思った」

そのわずか二年後に、仕事をしなきゃ生きていけない生活になった。

「ちょっと浸った気分で、ジョハリに行ったのは、一か月前ぐらいかな」

いたよね？　と風香は目を向けられ、やっぱり、見覚えがあったのは一度来店していたからなんだ、と納得した。

ふいに宇野が遠くを見る目で灰皿を見つめた。

「……夏子さんに話しかけたんだ」

「え？」

「馬鹿だよな。俺のことなんか覚えてるわけねぇんだよ。全然、見た目だって変わってるし。

なのに覚えててくれてるんじゃないかって思っちゃってさ。無駄にしゃべって。落ち着く場所ですね、なんて。中学の時に言ったのと同じ感想をぶつけてみたりしたんだけど」

風香の頭に夏子さんのいつかのブログが蘇る。『今日は初来店の方にすごく心が落ち着くお店、といわれて、テンションが上がっております』……。あれは宇野だった。

「ブログ見たんだ」吐き出すように宇野が行った。「俺は、初めましての客だって書かれてた。わかってんだよ。全然夏子さんは悪くないって。だけど悔しかったし悲しかったんだよ」

職場体験中、一番盛り上がったのは商品のポップ作りだった。笑いながら、工夫しながら、一生懸命作ったんだ、と宇野は言う。

「思い出してほしかったんだ。馬鹿でしょ」宇野が言った。「本当、すみません」と宇野は頭を下げた。

「夏子さんは、別に怒ってないです。警察に届ける気もなくて……」

「もうすぐジョハリは閉店だっていうから」翔が言った。「閉店前に行ったらいいんじゃないか？　で、直接ちゃんと話せば」

宇野はイエスもノーも言わず、「こっちからも聞いていい？」と訊ねてくる。

「ん？」

「二人は大学生？」

風香と翔は頷いた。宇野は唇を一瞬噛んで、笑った。

「大学って楽しい？」

すぐに言葉が出なかった。翔も口を閉じていた。宇野が続ける。

「やっぱ、恋とか友情とか、ドラマみたいなのが実際あるの？」

楽しい時間があるんでしょ？

風香たちの答えを聞かず、宇野は二本目の煙草に手を伸ばした。なずなが部屋にやってきて、「お兄ちゃん遊ぼう」と絡んできた。

宇野の質問に答えなくて済んで、風香はほっとした。

間もなく風香と翔は宇野の部屋を後にした。「ちなみに俺、次の仕事先なんとか決まったんで。昨日。もう、変な八つ当たりみたいな悪戯、しに行かないんで」

見送る宇野は最後にそう言った。「またね」と風香たちに手を振るなずなに、手を振って、風香は足早に歩いた。

10

その日のうちに、二人で夏子さんに報告に行くことにしていた。明日風香は出勤だからそこで伝えてもよかったのだけれど、今日のうちに話したかった。翔を、初めてジョハリに連れていく。

店が終わるのを待つため池袋に戻った。そのころには雨がぱらぱら降りだしていた。降られる前に二人でチェーンのファミレスに入る。翔は禁煙席を選んだ。気を遣ってくれたのだとわかる。

翔がメニューを見て悩む。けどこの店ならきっとカルボナーラかドリアあたりにする。翔はいつもそうだ。

「俺、カルボナーラ」

ほら。

「私はオムライス」

注文品が運ばれてすぐ、風香は言った。

「なんか、重かった」

「同意」

「お父さんが亡くなってるとか」

「そういえば、佐奈のお父さんも佐奈が子どもの時、亡くなったらしいな」

独り言みたいに翔が言った。佐奈の話は今いいよ、と心で訴えた。伝わったのか、佐奈の話はそれで終わる。

宇野のことを思う。宇野には同世代の友人と気楽に過ごす時間が足りなかった。気楽に恋をすることも遊ぶことも叶わず、生活のために働いてきた。母親や妹のために。そんな宇野にとって一番輝かしかった記憶の場所が、ジョハリだったんだ。

「夏子さんに話すんだろ」

「うん。一応」

夏子さんは悪くない。でも話を聞いたら、自分を責めたりするだろうか。

「まぁ話した方がいい」

カルボナーラをフォークで巻き取りながら翔が言った。

風香はオムライスを口に運んだ。

彼には風香たちはどう見えたのだろう。チャラくて、暇で、身勝手に見えただろうか。風香が何かに悩んで悲しんでいても、宇野にとっては「楽しそうな大学生」でしかない。

黙々とオムライスを食べた。翔もカルボナーラを黙って食べる。今日一日、風香と翔だけが共有した記憶を分け合いながら。

宇野の話題もすぐ終わり、あとの数時間は大したことのない話を続けた。後には記憶も、証《あかし》も残らないだろう会話を、風香は好きな男と、した。

11

報告を聞いた夏子さんは首を傾《かし》げて微笑《ほほえ》んでいた。

「調べてくれてありがとう」

営業を終えたジョハリのカウンターに三人はいた。今日もまた陳列棚には空白が増えている。もうすぐ自分はここを去る。追いやっていた寂しさが、今夜はなぜか風香の胸に刺さってくる。

「宇野くんか。思い出してあげたかったたな」

夏子さんが言う。

「仕方ないですよ」

「宇野くん、閉店までに来てくれるかな」

夏子さんが言った。

「きっと来ますよ」と翔が言った。「このお店は宇野くんにとって思い出の場所なんだし。こんなふうに終わるのは嫌なはずです」

「ブログに書いてあげたらいいですよ。それこそ宇野くんにだけわかる暗号とかを考えて」

風香も続けた。非常識なことを言っているのかもしれない。でも夏子さんはいつもみたいに笑って「考えてみる」と頷いた。

「ブログ自体は続けるつもりだから、これからも読んでくれたら嬉しいな」

雑貨店店長のブログから、新婚主婦のブログにするつもりなの、と夏子さんはかねてから話している。

夏子さんは店を閉じて、結婚相手が住む名古屋に引っ越す。

味噌カツとか名古屋コーチンのお店を紹介してくださいね、と風香はお願いしている。自分が行く機会は未定だけれど、いつか役立てます、と。

その時は案内するわ、と夏子さんは笑うので、きっと私たちの繋がりは消えないんだろうと風香は信じている。

「ところで小山田くんは彼女がいるの？」

夏子さんがだしぬけに翔に言った。びっくりした顔をしつつ、「います」と翔は答える。

「いいわね。どんな人？」

「えっ……変な奴です。だいぶ」

夏子さんが風香を見た。

「ひょっとして前に風香ちゃんが話してた友達？」

「あぁ、そうですね」

小さな声で風香は肯定した。

「よほど変わった人なのね」

「こいつも変わってますよ」

風香は翔を指さした。

「は？　なんでだよ」

「そうね」夏子さんが優しい目で翔を見た。

「変わり者同士のカップルなのね。相性は大切だから。大事にしなきゃね」

翔が息を呑んだ。けれど風香の方がもっと深く息を呑んでいたと思う。きっと今の言葉、翔は嬉しかっただろう。なのに、曇った表情で、確かに一瞬、風香を見た。

夏子さんは踏み込んだ話をしてしまったことを恥ずかしがるように顔を逸らして椅子にゆっくり座った。「書こうかな、ブログ」といって、パソコンを打ち始める。


今日が終わる。

湿った夜の空気が風香を包んでいた。斜め前の翔は、風香のクレームを無視して歩き煙草をしていた。煙がふわりと外灯に舞い上がる。

ある想像が風香の中で膨らんでいた。

たぶん。翔は薄々、気づいている。風香の気持ちに。

見慣れた背中を見つめて思う。鈍感が服を着たような男ではない。人一倍他人に気を遣う繊細な男。案外脆くて、狡《ずる》い男だ。

宇野健一探しを手伝うと言ったのは、佐奈と過ごせない日の、寂しさの埋め合わせ。佐奈と会えない日が増えていき、自分の気持ちを持て余して、苦しい。だから佐奈のことを考えないで済む時間を翔は欲した。「風香は自分を嫌ってはいない」。そう確信した翔は風香との「二人きり」を選んだ。だとしたら。

風香は、佐奈の代わりにされた。

佐奈がいないから、風香を側に置く。呆れるほど翔の気持ちの真ん中には、佐奈がいる。

「ねぇ翔」と呼び止める。

この想像は正解？

翔がふり返る。風香はバッグから一本煙草を取り出した。昼に翔から没収したのを、返しそびれていたのだ。

「貸してよ」

風香はまっすぐに翔の目を見た。煙草の先を向けて、「火」と言う。

「……吸わないだろ」

翔が戸惑いながら言う。

「吸ってみる」

「は？　不良？」

「不良じゃないし」

どんな味がするのか知りたい。どんな味が、翔は好きなのか。私よりどうして佐奈が好きなのか。

くらくらしそうな毒を体に入れたら、景色は何色に見えるのか、風香は知らないから。

風香も同じ色を見たい。

染まりたい。

風香は煙草をくわえた。訝《いぶか》しげな顔で翔がライターの火をつける。

暗がりに赤い火がともる。

息を、吸った。

視界が煙ったような気がした。冷気が頭に吹き込む。未知の感覚にぞっとした。

体が全力で拒否反応を示す。

ごほっごほっ、とむせ返る。

「おい、大丈夫か」

翔が慌てて風香の背中を撫《な》でる。

「なんで……こんなのが好きなの。なんで」

咳をこらえ、涙目で風香は訴える。

「いや、これが一度吸うとですね、やみつきになってですね……ニコチンの」

「ふざけんな馬鹿」

翔を押しのけて、深く夜の空気を吸った。見上げると、星があった。地元のそれとは比較にならないほど少なくて弱いけど、東京でも星は見える。

上京して自分は変わりたかった。それまでお洒落《しゃれ》なんてしたことなかったけれど、恋愛なんて興味なかったけれど、東京に合わせて自分も変わらなきゃ、と、がむしゃらに。

でも、ふとした瞬間に星を見つめて、ほっとしたのを覚えている。

「私と翔って地元隣同士じゃん。群馬と栃木。会ったばっかりの時は、田舎トークで盛り上がったじゃん。……似てるって、充分。私の方が、佐奈よりも翔に近いってば」

翔が黙った。アルコールも入っていないのに、風香は自分でも不思議な勢いで畳み掛ける。

「翔が悩んでるの、見てて嫌。なんであんな人のために悩むわけ。シェアとか正直、ドン引きだから」

怒っている時、自分の声はいつもよりさらに低くなるんだ、と初めて知った。きぃきぃ喚《わめ》くタイプじゃなくてよかった。

これでもセクシーボイスかな、夏子さん。翔がゆっくりした動作で、煙草を携帯灰皿に押し込んだ。

「風香？　変だぞ」

「変なのはどっち？」

あぁ、今日までの関係性を壊しちゃったんだ、と風香は思った。やっちゃった。

翔が風香に背を向けて、風香の落とした吸殻を拾った。路上喫煙はするくせに、ポイ捨ては許さないらしい。

翔は佇《たたず》んでふり返らなかった。

もう一度思った。この男は狡い。

見慣れた背中を見て、いつもと同じことを考える。佐奈の代わりでも構わない。代わりなんだから、いいんじゃないか。

刹那《せつな》、風香の足は地面を蹴っていた。水溜りを跳ねる。翔がふり向くより先に背中にたどり着く。腕を翔の体に回す。

声にならない声が翔から漏れた。

ひたっ、と、翔のうなじに頬を押し付ける。

止んでいた雨がまた降り始めた。この間も雨だった。ビールを一気飲みして、酔ったふりで抱きつこうかと本気で考えた時だ。スーツ姿の私に、翔がいつもと違う目線を向けたような気がした、あの時。

アルコールの力もいつもと違う服の効果も、いらない。

霧雨程度だったけれど、翔のお腹《なか》に回した風香の白い手は濡れていく。翔は何も言わなかった。だから風香はその首筋で、深く深く、息を吸った。

第四章

春の終幕

1

劇場は、百人も入ればぎゅうぎゅうになってしまう小さなハコだった。

開演間近の会場はすでに満席で、低い舞台ではスタッフが注意事項を述べている。

三倉春仁《さくらはるひと》は最前列から三番目に座っていた。眼鏡を外しても役者の顔が見える。手を伸ばせば役者に届いてしまいそうなほど近い距離。

「この永澤《ながさわ》さんていう人ですよね？　三倉さんの知り合いって」

隣に座る佐奈《さな》ちゃんがパンフレットを指して訊《き》いてくる。出演者の写真が載っていた。

「そうだよ」

「すごいなぁ」

先ほどからスタッフが「開演したら最後、退席は不可能なので今のうちトイレを」と、脅迫めいた注意勧告をしている。実際、暗転したら、敷き詰められた客席からは出られそうにない。

「佐奈ちゃん。お手洗いは平気？」

「はい。さっきズイーッと出してきました」

「ズイーッと出してきましたか」

微笑《ほほえ》み返してから舞台に目をやる。

ほどなく、照明が暗転し、今夜の舞台が始まった。

スポットライトが舞台の中央を照らす。そこに永澤さくらが立っていた。パンフレットの人物紹介によれば、サブヒロインである。

「……時は、一九四五年。終戦を迎えたばかりの日本。ある地方都市で起きた、三日間の不思議な物語……」

永澤の声が観客の意識を別世界に誘い込む。低いステージと客席の間に、濃厚な境目が生まれる。侵してはならない、虚実のライン。

永澤の口上が終わり、再度ライトが消え、壮大な音楽が流れる。隣の佐奈ちゃんが息を呑んだ。

小さな劇場に割れんばかりの拍手が起きる。

夜の闇の中に立ち、契約書を佐奈ちゃんが破り捨てている。

どうして？　三倉は訊《たず》ねようとするが声が出ない。喉《のど》が動かない。

夢だと気づく。だがすぐには覚めなかった。

佐奈ちゃんが言った。無表情だった顔が崩れて別人になる。先月別れた、祐美子《ゆみこ》ちゃんだ。

「最低な男」

目前の顔が目まぐるしく変わる。いずれも自分が付き合い、別れてきた女性だった。彼女らは代わる代わる三倉に「最低な男」と告げる。「最低な男」が輪唱のようになって、滑稽だった。

最後にまた佐奈ちゃんの顔になる。

「もう私たちは……」

契約書を破り捨てた佐奈ちゃんが三倉の体にぶつかる。とっさに「ナイフで刺されたのだ」と三倉は判断した。

衝撃で目が覚めた。自室のベッド。

ひどい目覚めだがこの類《たぐい》の夢が初めてじゃない上に、いつ現実に起こってもおかしくない。

こんな人生を送る自分の人間性が何よりひどい。

カーテンの隙間から差し込む朝日が眩《まぶ》しい。梅雨《つゆ》に突入した、とニュースでは報じられていたが、この二、三日は青空が続いている。

傍らの佐奈ちゃんはまだ寝息を立てている。そっとベッドから出てスマートフォンを見ると、平沼泰貴《ひらぬまたいき》からのメールが受信されていた。

小山田《おやまだ》のことで話があるから今度時間を作ってほしい、という内容に三倉は目を細めた。

返信を後回しにして服を着る。キッチンに立ち、沸かした湯に卵を二つ入れ、食パンをトースターにセットした。

小山田翔《かける》のことで相談事。心当たりはあった。先月の連休に、佐奈ちゃんの友達である鶴《つる》谷風香《たにふうか》と小山田が二人で三倉の前に現れた。鶴谷の矢印が小山田に向いているのはすぐにわかった。自分がけしかけたところもあるが、あのあと二人に何かあったんだろうか？

しかし、小山田が佐奈ちゃんを捨てて友達に乗り換えるというのは想像できなかった。むしろ、平沼泰貴の加入で、小山田の佐奈ちゃんへの執着が強まったんじゃないか、と三倉は考えていた。言い換えれば今まで自分の存在は小山田の刺激にはならなかった、ということなので、少々哀《かな》しくなるが。

終わるんだろうか。

佐奈ちゃんを軸としたこの「シェア」が終わるとしたら自分から崩れると思っていたのに。

鍋で揺れる卵を眺めながら、メールの返信を打つ。

「おはようございます」

顔を向けると目をこすりながら佐奈ちゃんがこっちを見ている。

「おはよう」

「メール誰からですかー？」

「君の彼氏」

微笑して答える。

「私の彼氏は三倉さんですよー」

佐奈ちゃんはウインクをすると、もぞもぞ起き上がり、床に落ちていた下着を身に着けた。

「翔ですか？」

「平沼くん。今度一緒にご飯でもって」

「あー、私の悪口言うんでしょ」

どうでしょう、と答えながら三倉は冷蔵庫に向かった。

「冷たい物、飲むよね」

「何がありますか」

「ウーロン茶、ミネラルウォーター。お、佐奈ちゃん好きなのはこれだね」

三倉は午後の紅茶のペットボトルを取り出す。佐奈ちゃんは「うむむ」という顔になる。

三倉は首を傾《かし》げる。

「好きだったよね？」

「朝から午後の紅茶を飲むって、罪悪感ないですか？」

「ないですね」

にっこりと返す。「じゃあ、ください」と佐奈ちゃんは両手を広げた。

ペットボトルを彼女の手に収めると、焼き上がったトーストとゆで卵を皿に並べる。

「ありがとうございます」

席について、佐奈ちゃんはトーストにジャムを塗る。一口かじっては幸福そうに頰を緩める顔を見て、いいな、と三倉は思う。

「昨日の舞台、面白かったですね」

「うん」

ゆで卵に塩を振りつつ、三倉は頷《うなず》く。思った以上にストーリーは練られていたし、社会人劇団という色眼鏡を外させられるほど、役者たちのレベルが高かった。素人目にはそう感じた。

「三倉さんのお友達の演技、迫力があって一番よかったと思います。メインの二人を食ってましたよ」

佐奈ちゃんはお世辞など言わないから、本気でそう感じたのだろう。

「彼女は学生時代も演劇部エースだったしね。そう言ってたって、伝えておきます」

「いつ会うんでしたっけ？」

「明日」

「よろしくお伝えください」

三倉はふっと笑って、笑顔の彼女の口元に触れた。ついていたイチゴジャムを拭って、舐《な》める。

「あ。恥ずかしい……」

赤くなる佐奈ちゃんの頭をわしゃわしゃと撫《な》でる。撫でられた佐奈ちゃんの目が卓上のカレンダーに向いた。

「そういえば契約更新日、来週ですね」

契約。三倉と彼女の恋愛契約のことだ。

「あっという間ですね」と三倉は頷く。

2

三倉は万年筆やボールペンを主力の商品として扱う文房具メーカーに勤めている。アンティークな質感と手ごろな価格が受け、大手ではないが業績は上向きだった。

出社してメールチェックをしていると、永澤からのメールがあった。『キッズフロント』のウェブデザイナーとしてのビジネスメールで、昨日のことには一切触れていない。永澤らしいな、と思い頬が緩む。

永澤さくらとの再会は本当に偶然だった。キッズフロントは三倉の会社の取引先の広告デザイン会社で、企画営業である三倉は今まで何度か世話になっていた。

四月、担当だったウェブデザイナーの石川が退職することになり、後任を紹介されることになった。待ち合わせていた喫茶店に現れた女性を見て心底驚いた。

「後任の永澤です」と石川が紹介した。永澤が名刺を出し、進み出た。

「永澤さくらです。至らぬ点は多いかと存じますが、よろしくお願いいたします」

慇懃《いんぎん》な物腰で挨拶をしてくる。出会ったころ茶色いショートボブだった髪は、黒いセミロングになっていた。眼鏡もかけていない。

呆気《あっけ》にとられつつ、「よろしくお願いします」と返す。

「奇遇だね」

そう言ってにいっと笑った永澤の顔は大学時代と変わっていなかった。大学卒業以来、六年ぶりの再会。頭がついていかず、顔合わせが終わってしばらくぼんやりしていた。ちょうど小山田から電話がかかってきて、付き合っている女性について詰問されたが、三倉はうわの空で答えていた。

永澤さくらは大学時代の同期で演劇サークルの仲間だった。はっきり美人の部類に入り、なおかつさばさばした性格だったので男性から言い寄られることも多かった。が、本人は「恋愛事はよくわからない」の一言で、男性を友人以上の領域に踏み入れさせなかった。

程なくビジネスメールとそうでないメールを交わすようになった。

ブランクがあった友人とのメールは多少気を遣う。なのに、永澤は自然な、あのころと変わらないリズムのメールだった。

らっくん。

久しぶりに呼ばれた、学生時代のニックネーム。

最近はどう？　と訊かれた時は困った。さすがに「不特定多数の女の子と付き合い、大学生とシェア恋愛をしているよ」などというアバンギャルドな回答はできず、「公私ともに悪くない」と三倉は答えた。

永澤は？　と訊ね返す。

女性を苗字で呼び捨てにするのも久しぶりだった。

最近社会人演劇を始めたの！　と永澤が言う。

『自分でも驚くぐらいはまっちゃった。センスあるって演出家に褒《ほ》められたんだよ！』

文面を見て想像する。きっと永澤は手をぱたぱたと上下させている。得意げな時の癖が直っていないならば。

やり取りは続いて、「今度飲みに行こう」という流れになった。そして今日が訪れた。

定例会議の司会進行中も、同僚の愚痴《ぐち》を聞いて終わった昼休みも、どこか気持ちが宙に浮いていた。今夜、永澤と何を話すんだろうか。

3

双方の職場から行きやすい場所だったので新宿で飲むことになった。

歌舞伎町側は混みすぎるから、と永澤が提示してきた待ち合わせ場所はサザンテラス口だった。七時待ち合わせだったが、十分遅れて永澤は現れた。

「ごめん、地下鉄からってこんなに離れてたっけ」

淡いブルーのブラウスに七分のパンツ、首にはストールを巻いていた。大学時代とは違うオフィスカジュアルが、時間の流れを教えてくれる。なのに、六年の歳月などなかったかのような永澤の言動が目の前にある。

予約しないでどっか適当に入ればいいよ、という永澤の意見を尊重したので、店探しから始まった。

五分ほど繁華街の中を歩き、学生が飲むには高く、一定以上の味を求める大人からは除外されるレベルのチェーン店を選ぶ。

半個室に通される。割り勘ね、と最初に言う永澤に安心感を覚えた。

生ビールのジョッキで乾杯をする。

「びっくりしたよね。こういう再会もあるんだって」

「びっくりしたのは僕だけだったでしょ」

「いやいやいや、私も引き継ぎの段階で初めて知らされた時は驚いたんだよ」

笑いつつ、揃《そろ》ってお通しの春雨の和《あ》え物をつまむ。

「そういえばこれまた偶然なんだけど、今日は記念日なんだよ」

「記念日？」

永澤の言葉に首を傾げる。

「私と、神崎《かんざき》の」

三倉の箸《はし》の先から春雨がこぼれ落ちた。唐突に神崎の名前が出てくるとは思わなかった。

「あぁ、そうか。付き合った日、か」

言葉を選んで言う。

永澤は頷いて笑った。それ以上神崎の話を広げようとする気配がなかったので、三倉は眼鏡に手を当ててから話題を変える。

「食べ物何にしようか？」卓のタッチパネル端末から注文する方式だった。「ポテトサラダ好きだったでしょ」

「うわ、よく覚えてるね」

「僕も好きだから」

ビールジョッキを手に永澤が首を傾げた。

「一人称僕だったっけ？　らっくん」

「……俺と僕が入り混じってる」

大学時代はずっと「俺」だった。いつからか「僕」を使うことが多くなった。

「あー、私もたまにうちって言っちゃうしな。十代の名残で。もうアラサーだっつーのに」

永澤が大口でビールを飲み、ぷはーっと息を吐く。爽快《そうかい》、と頷く。

「貫禄があるね」

「あはは。日々おばさん化っていうかおっさん化してるよ」

そういって笑う顔は「女の子」なのに。

ふだん口説いている対象の女性たちにはさらりと吐ける歯の浮くセリフが、喉元で止まる。代わりに、「二十歳ぐらいの学生を見ると歳《とし》を痛感するね」と同調した。

「やばいな私たち。でもさ、会社の上司とかに言わせるとまだまだ若いじゃん、みたいになるんだよ」

「たぶん大学時代は高校生見て若いって言ってた」

「じゃあ高校のころは中学生を羨《うらや》んでた？」

「小学生見て『いいな君たちは』みたいな中学生だったかもよ」

「嫌だわそんな子ども」

でもそうだったのかもね、と互いに笑う。

「……で、ポテトサラダと、何食べる？」

「っていうか二杯目も頼んでおこうかな」

「早すぎやしませんか」

三倉は苦笑する。

永澤は二、三年前から美味《おい》しさを知ったの、と、ハイボールを選んだ。

カクテルすら飲みたがらなかったいたいけな大学生はもういないらしい。

しかし。真ん中に置いたタッチパネルを覗《のぞ》き込む。至近距離で吸う永澤のふわりとした香りはあのころと変わっていない。

変わったことと、変わっていないことが、入り混じっている。「僕」と「俺」や「私」と「うち」のように。生きているうちに「変わったね」で喜ぶことと「変わらないね」で喜ぶことは、どちらが多いんだろうか。

4

舞台の話になった。永澤は大学時代に三倉と同じ演劇サークルに在籍していた。卒業以来離れていた演劇の道に戻ったきっかけは、部屋の掃除中に出てきた台本だという。大学の演劇サークル時代の、台本だ。それを読んでいたら久しぶりに舞台に立ちたいと思い立ったという。

三倉と永澤が所属していた演劇サークル。希望者が台本を書き、選考をして演目を選ぶということをしていた。選ばれた作者はそのまま演出も行えるし、自身が出演することもできる。

当時の話になり、自然と神崎の名前が再登場した。

「『月下のうさぎ』、どんな劇だったか覚えてる?」

「もちろん」

二人で懐かしさを共有して苦笑した。

「なかなか青い、劇だったよね」

「私、久々に台本読み返して顔から火が出そうになった。っていうか、あれはもう火噴いてたね。大部分、神崎のせいだよ」

永澤は恥ずかしさの矛先《ほこさき》を神崎に向ける。なんとも形容しがたい気持ちで、「神崎かー」と三倉は頭を掻《か》いて微苦笑する。

神崎照夫《てるお》は「明朗快活な男子学生」だった。ふだんから声が大きく、その威勢のよさと兄貴肌で、人に好かれた。そして人の揉《も》め事や悩み事に首をつっこむことを善とし、トラブルを解決したり、逆に引き起こしたりもする奴。

「あんな奴が大学の同期にいるって、どう」

変な質問を永澤がしてくるので、変化球で答えを返す。

「そんな奴に惚《ほ》れてたのは、君でしょ」

「やめてよー!」

「付き合った仲だし」

三倉が、芝居がかった口調で言って指を向けると、永澤も調子を合わせ「若気の至りだし」と返した。

神崎と彼女は約三か月、紛れもない恋人関係だった。

永澤は首を傾げ、から揚げをつまんだ。「とにかく、ぱらぱら台本めくってみたら、久々に舞台に立ってみたくなったのよ」

「あれを見て？」

三倉が問い、永澤が頷く。

「卒業以来、サークルの仲間と会った？」

「守屋《もりや》さん、ひーくん、真田丸《さなだまる》の結婚式」

しばらくぶりに聞く仲間たちの名前が、どこか切ない気持ちにさせた。

「全部結婚式なんだ？」

三倉が苦笑いすると、永澤がこの世の終わりを見るような顔で頷く。

「ほんとさぁ、みんなタガが外れたみたいに所帯持つよね。真田丸とかよく私を呼べたもんだよ」永澤は一度ハイボール口にを含む。「らっくんは来てないよね。真田丸の結婚式にも」

「後半ユーレイ部員だったし、あと数年前に携帯が一回死んじゃってさ、新しいアドレスを教えられなかった」

嘘をついた。本当は教えなかったのだ。今はおかしな選択をしたものだ、と悔やんでいる。嘘がばれるかと三倉は一瞬探る目で永澤を見たが、彼女は美味《うま》そうにから揚げを嚙《か》みしめていた。

「こないだの舞台、面白かったよ」

メールでも伝えたが、改めて感想を言う。演技だけでなく、あの場面転換にはびっくりしたとか、主人公の衣装がきれいだったとかも告げた。

「劇団の人たちってみんな社会人でしょ。仕事しながら稽古って大変だよねぇ」

「そうなの、セリフ量はんぱないし。あ、老兵役だったおっちゃん、ふだん警備員してるんだけど、仕事中セリフ暗唱して覚えたって」

「知らない人が見たら不審者だね」

警備員なのに、と三倉は笑う。

「そうそう、勤務先の社員にたまたま見られて、ものすごく気まずかったらしいよ。ヒロイン役の女の子もふだんは物静かなシステムエンジニアで……」

やっぱり演じるのが好きな人って内向的な人の方が多いのかも、と永澤は言う。

永澤に佐奈ちゃんの感想を伝えた。

「あの女の子？　ありがたいなぁ」にやけた永澤の笑みの種類が、途中で変わる。「らっくんの彼女？」

「ん？　まぁそんな感じかなぁ」

「なんで曖昧《あいまい》？」

串焼きの盛り合わせが運ばれてきた。ばらそうか、と串と箸を手にすると、「女子力かっ？」と永澤がつっ込んでくる。二人で焼き鳥串の解体を始めた。

「これは、らっくん担当」

抜くのが難しい砂肝《すなぎも》を押し付けてくる。

「コツは、こう、捻《ひね》ることだよ」

ドヤ顔で言ってみせる。ぽん、と抜けた砂肝が皿から転げ落ちた。

「勉強になるわ」

永澤が箸でつまんで、食べる。三倉も仏頂面をしつつ焼き鳥を口に入れた。

「じゃああの子は、仲のいいお友達ってわけ？」はっと永澤が顔を上げる。「もしかして学生時代みたいなことまだやってんの？」

「うわ。ぼんじり美味い」

「それは話を逸《そ》らしたつもりなの？」

　串を三倉に向けてくる。

「らっくん。二股？　三股？」

「たった今、先端恐怖症になったからやめてほしいな」

　微笑んで見せる。三倉が否定しなかったから確信したのだろう。

「ええっ。未だに女ったらしなの」

　殊勝に頷く。と、一瞬の間の後、永澤の大笑いが響いた。三倉は驚いて箸を止める。

「いやー、やるね！　さすがだよ」

　そして串を指揮棒みたいに振り、清々《すがすが》しく笑う。

「批判しないんだ？」

「するに決まってるじゃん。最低。女の敵。ろくな死に方しないから」

「傷つくー」

「嘘つけー」

　ポテトサラダはポテトが大きめに切ってあり、ハムが厚切りにされていた。美味い。永澤も同じ感想だったようだ。互いに無言で頷き合うと、瞬《また》く間に皿を空にする。

　会話は互いの仕事の話や、永澤の家族の話を経由し、佐奈ちゃんの話題に戻ってくる。出会いを聞かれて三倉は「合コン」と答える。

「へぇ。大学生とねぇ～」

感心とも呆《あき》れともとれる反応の永澤に向かって首を横に振る。

「その時の合コン相手は全員、会社員」

どういうこと？　と永澤が首を傾げる。

5

昨年の冬だった。三倉は定番の仲間と四対四の合コンをした。三倉が一番好みだった女性は残念ながら誰にも興味を抱かない様子だった。一方でやけに強い光線を送ってくる女性がいた。鈴木というその女性は「名前がありきたりだから性格もそうだと誤解されがちなんです」と悲壮感すらたたえて主張してきた。そんな誤解をする人間がいることに驚くよ、と慰めたところ「優しいですね」「他の人とは違いますね、三倉さん」と、鈴木は瞳を潤ませた。

散会後、「飲みに行きませんか」と鈴木が三倉を誘った。少し迷いつつ、袖を強く引っ張る鈴木の指を見つめて三倉は頷いた。

何度か利用したことのあるバーに二人で移動する。テーブル席に通されると、通路を挟んだ隣に女性が一人いた。まぁ結論から言ってしまえばそれが佐奈ちゃんだったのだが、小一時間は全くの他人同士だった。

鈴木はたどたどしくも懸命にしゃべろうとしていた。三倉は相手のペースを乱さず、なおかつ話題がなるだけ膨らむように配慮し、時々心から笑った。

そのうちに「私たち、付き合いませんか」と鈴木が切りだす。三倉は「ぜひ」と微笑む。鈴木の笑顔が百パーセント開く前に、三倉は鞄《かばん》から紙を取り出した。いつも持ち歩いている、契約書だ。鈴木の笑顔が中途半端にこわばり、三倉を見る。

「これは、僕と付き合うにあたっての契約書なんだけど。同意してもらえるかな？　だったら付き合えるよ」
・三倉（甲）は複数の女性と交際するのが常である。その軽薄さを納得したうえで付き合うものとする。
・他の交際相手女性に対する恨み嫉《そね》みは禁じる。
・甲は契約者（乙）と永続的な交際は目標としない。契約期間は三か月を基本とする。以後更新の場合は再契約を結ぶ。――
契約事項を追っていく鈴木の顔がみるみる曇った。三倉は丁寧に自分の恋愛スタンスを説明した。

「信じられないって顔？　でも冗談ではないんだ。もちろんこんな付き合い方に納得いかなければ……」

「いくわけないじゃないですか！」鈴木が声を荒げた。「馬鹿にしてるんですか？　私を何だと思ってるんです？　あなた、どれだけ恥ずかしいことしてるかわかってますか」

先ほどまでのたおやかさは消え、強い剣幕《けんまく》だった。三倉はなだめにかかる。

「そう思うなら簡単だよ。僕なんかと付き合うのはやめて……あ」

鈴木が手で顔を覆い、泣き始めたようだった。

予想以上の展開に三倉は困惑し、かける言葉を探す。と、隣の席から視線を感じた。佐奈ちゃんが訴えかける目をしている。まさか、と思いつつ、目配せで反応すると、頷く。

驚きながらも三倉は意を決して、立ち上がった。

鈴木が驚いたように目を向ける。三倉は「やや巻き舌」と、「冷淡」を意識して言った。

「なんか勘違いしてない？　世の中、女の代わりも男の代わりも、掃いて捨てるほどいるんだからさ。気楽にやればいいじゃない。重いのはごめんだよ」

そう言って佐奈ちゃんの隣に座る。鈴木が目を見開いた。

「どう？」佐奈ちゃんの顔を覗いて言う。「一緒に飲まない？」

「えぇーっ」と佐奈ちゃんが素っ頓狂《とんきょう》なほどに声を上げる。「この状況で、私にきていいんですか」

「いいんじゃないの。楽しい方が」

眼鏡をくいっと押し上げて、佐奈ちゃんの肩に腕を回す。

と、佐奈ちゃんがキッと睨《にら》んでテーブルのカクテルグラスを取った。瞬く間もなく中身が三倉の顔に浴びせられる。

「いいわけねぇだろ。さっきから聞いてりゃ意味わかんねぇんだよ。女をなんだと思ってんだよ。死ね！」

ドスの利いた声で言うと、三倉の頭を平手で叩いた。眼鏡が落ちる。

佐奈ちゃんは三倉を押しのけ、鈴木に近づいた。

「ほら、泣いてないでこんなくそ野郎、酒ぶっかけちゃいましょうよ」

そう言って鈴木の飲みかけのシャンディガフを持つ。呆気にとられた顔の鈴木は、惨めに項垂《うなだ》れる三倉を見て、それから意気揚々とグラスを持つ佐奈ちゃんを見た。

「……大丈夫です」

「えっ？　遠慮することないですよ」

「違います」鈴木は首を振って立ち上がる。「お酒をかけてやりたい相手は他にいます」

そう言って少しだけ微笑むと佐奈ちゃんに頭を下げる。三倉の目の前に五千円札を叩き付けるように置き、鈴木は出ていった。

「……服、すいません」

鈴木が去ってしばらくしてから、心底申し訳なさそうに佐奈ちゃんが言う。店員におしぼりを頼み、あわあわと三倉の服を拭う。

「いやいや、こちらこそ、お礼を言わないと、ですよね」

眼鏡を拭いてかけ直す。先ほどの剣幕の余韻があり、自動的に丁寧語になってしまった。

「お礼なんていいです。でも、優しすぎますよお兄さん」

上目づかいで笑う。意志の強そうな目だ、と思った。

「あと、演技上手《うま》いですね」

「学生時代演劇サークルだったんです」

「おお」

佐奈ちゃんは感心したみたいに頷いた。

お礼に一杯奢る、と三倉は言い、お詫びに一杯奢りたい、と佐奈ちゃんが主張したため、互いに奢りあうことになった。

「あの子、元彼をひっぱたきに行ったんですかね」

佐奈ちゃんが言った。

「わかってたんだ？　大した観察力ですね」

「ざっくり想像しただけですよ。人間観察が趣味なんで」

「人間観察が趣味という人の観察力は信用しないことにしていたんだけど、改めます」

「恐縮でござんす」と佐奈ちゃんが笑った。

鈴木はおそらく、彼氏と別れた、いや、一方的にふられたばかりなのだろう。それも理不尽なやり方で。だから合コンに来て男を捕まえ、相手を見返したかった。あるいは戻ってこさせたかった、か。三倉の袖を引っ張った時にもよく見えたが、左手薬指には指輪の跡がくっきりあった。短くはない年月付き合ったのだろう。

三倉の補足説明に頷き、佐奈ちゃんは「超面倒くさいですね」と総括した。

「言いますねぇ」

「三倉さんも下手《へた》に慰めようとするのよろしくないですよ。しょせんは偽善です」

初対面の相手にここまで深く切り込む彼女に、三倉は驚くというより感動した。

「……でも、手伝ってくれたね。あの子が前向きになれるように」

「私、嘘が下手な女、嫌いなんです」

「さっきの嘘泣きのこと?」

「全体的に、男の前でいい女性アピールする姿。もちろん納得できない方法で女の子を捨てる男の方が嫌いですけど」

毒舌にもかかわらず不思議と不快感がなかった。ただ、好き嫌いを告げているだけだからか。

契約書を見せてください、と佐奈ちゃんが言った。項目を追っていくと、頰が緩まっていく。

「面白いですね。こんなのに乗ってくれる女性いるんですか？」

「いるよ。少数派だけど」

恋愛の重心が一般的な矜持《きょうじ》や良識ではない。それだけの話なのだ。

「私もなっていいですか？」

ヘアカタログを見て「この髪型可愛くないですか」というような感覚で、佐奈ちゃんは言った。

「……僕の彼女に？」

「はい。実は彼氏と大喧嘩《おおげんか》してて」

だから一人酒してたんです、としかめ面で言う。

「ああ、刺激剤になってほしいと？」

「そういう面もあります。でも完成度の高い恋を求めないって、すごくいいと思います」

完成度の高い恋。それは、一生をささげられる恋だろうか。

「どうですか」

佐奈ちゃんが小首を傾げた。

「もちろん。契約してくれるならば」三倉は答えた。こうして佐奈ちゃんと、いつかは終わる完成度の低い恋を始めた。

6

トイレで手を洗いつつ、三倉はため息をついた。先ほど永澤に佐奈ちゃんとのなれそめを話し終えたところだ。永澤は「へぇ」「ほう」「はぁ？」エトセトラを使い、聞き役に徹してくれた。

しゃべりすぎたんじゃないか？　と鏡に向かって問う。しかししゃべってしまったものはしょうがない。自嘲的な笑みが浮かぶ。昔から変わらない。自分は人を好きになるよりも人に好かれることを望む。いや、好かれるまでもいかない。嫌われないことを、だ。神崎にはなれないな、と思った。

席に戻ると永澤が三倉の手帳をめくっていた。

「おいおーい」

振りかぶって取り上げようとすると、ひょいと避けられ、テーブルに置かれた。

「さっき鞄から落ちたから拾った」

「拾っても読むなって話でしょうよ」

永澤が目を細めてにやついた。

「マメだね、ってほめるべき？」

手帳には交際する女性たちについてのメモが書かれている。一人一人の、食事や服の好み、楽しんでくれる話題、欲しがっていそうな物、悩みがある時の表情……。それらを忘れないよう記録している。

「複数の人と付き合ってるからって、一人を蔑《ないがし》ろにするのは嫌だからねぇ」

「らっくん、画期的な提案するね。一人にすればいいのよ」

「一人には決められない」

音楽の話をするならこの子、一緒にスポーツするなら彼女。あの子とは静かに世論を語ったりしたいし、肉体関係の相性重視ならあの人がいい。

一人に決めるのはもったいないし、あれこれを一人に求めるのは酷だし、もったいない。

そんな自論を三倉が熱弁すると、永澤は「重い病だ」とまとめた。三倉は続ける。

「たとえば、異性の友達が十人いる男はふつうだよね？」

「うん」

「十人の女友達がいる男は、同時に十個の恋をしてるようなもんだと思うんだよね」

永澤がため息をついた。

「確認。私ってらっくんの友達だったっけ？」

「親友ってことで」

苦笑する永澤の顔を斜めから見て、水を向ける。

「自分にはいい相手はいないの？」

「いない」永澤は即答しハイボールを飲む。「どこにもいない」

三倉は一つだけ皿に残っていた卵焼きを食べた。

「もしかしてだけど、ずっといない？」

「なんと、驚くべきことに、私が付き合ったと言えるのは神崎だけ」

三倉は胸を鷲掴《わしづか》みにされるような感覚を一瞬覚えた。三倉の表情をどう受け取ったか、取り繕うように永澤が言う。

「私だって恋はしたいよ。でもこう、うまい殿方もいないし」

殿方という単語のチョイスに笑う。

「いやいや、君が言い寄られないわけないよね？　ガードが固すぎるんじゃない？　あるいは理想が高すぎ？……神崎みたいなタイプが、本当に好きだった？」

矢継ぎ早に質問してしまった。

「今思えばそうだったかも」

永澤が答えた。

「まぁなんて言うの、手に入らない男？　なんてどうでもいいけどね」

手に入らない男っていう表現は笑える、と三倉が言うと、あいつはどこに消えたんだろうね、としみじみ永澤がいい、天井を見やった。きっと無意識に夜空を、月を見たかったんじゃないかと三倉は思ったが、指摘はしない。

「奴の行先は君しか知らないんじゃないの」

「私も知らない。考えたことは……」

永澤の言葉は不自然に途切れた。

七年前の綺麗《きれい》な満月の晩に、神崎はどこかへと消えたのだ。

7

「七年も経つって信じらんない」

グラスを空にした永澤がタッチパネルを引き寄せる。

神崎の告白の言葉覚えてる？　パネルを操作しながら訊いてくる。

「これからもずっときれいな月を二人で見ないか？」三倉は短く答える。「夏目漱石アレンジでしょ」

夏目漱石が「I Love You」の日本語訳にしたといわれる、「(あなたと見る) 月が綺麗ですね」をもとにしたセリフだった。

「未だに時々、月を見ると思い出しちゃう」

「俺もたまに考えるよ。あの三か月は、こっちも楽しかったし」

永澤は唇を突き出して首を傾げる。

「みんな私たちのこと見て楽しんでた。私たちのデートはほぼ、サークルの仲間の目に触れるところだったから仕方ないんだけど、でも冷やかしすぎだったでしょ」

「そうだね。みんなからかいすぎだった」

「他人事《ひとごと》みたいに言うな」

薄目で睨んでからタッチパネルをよこしてくる。三倉は涼しい顔で受け取り、焼酎を選ぶ。目はメニューを追いながら、三倉はあのころの永澤を思い出していた。

——神崎。私、君がいないと、すごくつらいみたいなんだ。どこにも行かないで。

永澤らしくない、けれど永澤が確かに発した言葉。

言葉を真っ向から受けた神崎の表情は、当然三倉には見えなかった。ただ、答えはこうだった。

――ずっと側にいるさ。

「らっくんは……神崎でよかったと思ってる？」

「思ってるよ。楽しかったし……」

メニューを決定し、永澤の顔をちらっと見る。偶然動いた彼女の視線とまっすぐぶつかった。今夜何度も見つめ合う瞬間はあったのに、この時は柄にもない感情で目を逸らしてしまった。いけない。冷静な声音を出す。

「いい思い出になった。永澤は？」

「私もいい思い出だよ、もちろん。最初で最後のキスだったし」

キスの話をいきなり打ち込んできた永澤に面喰らった。何ともいえない気持ちになり、とりあえず笑った。彼氏がずっといないなら、永澤の頬に口づけした男も神崎以外にいないということか。ちょっと、いや、かなり罪深い気がした。

「あの三か月も、その前の一年半も、私はすごく楽しかったから」永澤が続ける。「みんなとつるんでたけど、らっくんとはとくに私、一緒にいたよね」

「え？　そんなことないって。記憶のねつ造だよ」

「嘘ー。でもらっくんとよく話してたよ。神崎のこともたくさん……」

注文したドリンクが運ばれてきて、永澤の言葉は中断される。

8

『月下のうさぎ』の上演後、つまり三年生の秋以降、三倉はサークルから距離を置いた。就職活動も忙しくなったし、もともと一時的な参加のつもりだったという理由もあった。徐々に仲間内の集まりにも参加する数を減らし、フェードアウトした。当然永澤と接する時間も少なくなった。

それでも情報は入ってくる。冬を待たずに永澤にまつわる失恋の話は耳に入ってきた。

あのころから、永澤はしゃんとしている。

話題はめぐり、仕事の話になる。永澤の口からは苦労話が漏れるが、弱音や愚痴はなかった。

「自分がこんなにちゃんと働くなんて思ってなかった」

ラストオーダー近くになったころ、遠い目で枝豆を見つめた永澤が言った。

「もっと挫折したり諦めたりすることが増えると思ってたんだけど、案外タフに生きていけるんだよね」

三倉が返すと永澤は首を横に振った。

「私は結構、挫折しかけたこと多いよ」永澤は言った。「仕事が仕事だから。無茶苦茶な納期設定で、徹夜続きになることもある。レベル高いものを要求するクライアントほど、話が通じなくてさ。デザインとアートの区別ついてなかったりとか。でも、だからこそ負けちゃダメだって燃えるよね。だから今まで、自分のデザインした案件で後悔したことはないよ」

言い切った永澤を強いと思った。別に三倉に褒めてもらいたかったわけでもなく、自信に裏打ちされた自己評価が口にできる姿に。

「らっくんは？」

問われて、恥ずかしくなる。

「俺は無難に、躓《つまず》かない代わりに飛躍もない人生。冒険はしてない」

「プライベートははっちゃけてるのに」

「いつかしっぺ返しがくるかも。人生のどん底に落ちるような」

「どん底……。いや、でも神崎が言ってたじゃない」

「『君が笑ってくれるなら、どん底でも俺は大丈夫』でしょ？」

「そうそれ！」

永澤が声を上げる。

「自分が言わせたんでしょ」

「それもそうだけど。っていうか今、私が思いついた言葉がよくわかったね」

「シンクロだよ」

「シンクロか」と永澤が微笑む。「というわけでほら、らっくんには『君』と呼べる人がいる。しかも一人どころか、ストックが多い」

「ストックって言うのは失礼だ」

「らっくんが一番、失礼」

ぐうの音も出ない。

「好きな人が笑ってくれてたらどん底でも大丈夫？　らっくん」

問いかける笑顔を見ずに、笑ってごまかす。

「どうだろうね。難しいかも。……神崎は恋人想いだったね」

「だったら彼女を捨ててどっかに消えたりしないって」

自分の顔を指して永澤が言った。冷めた口調に聞こえた。

あれは捨てたわけじゃなくて、と返そうとして、不毛な会話だな、と思って呑み込んだ。

神崎の行き先は、わかっていない。故郷に帰ったというのが定説だが、北の地へ旅立ったという説もあるし、南の海に船を出したという噂もある。永澤がわからないというなら誰にもわからないだろう。

大事なのは彼を知る者たちの心では生きているということだ。永澤の心の中でも。

最後のドリンクが運ばれてから、永澤は口数が減った。酔ったのでも疲れたのでもなく、言葉を選んでいるように見えた。見えただけだが。

「らっくん。らっくんは、どうしてらっくんなんだっけ」

ロミオとジュリエットの出来損ないみたいな問いかけだ。

「あぁ、このあだ名を付けたのはサークルの誰か、真田丸だったと思う。永澤、理由覚えてない？」

「曖昧」

「君がさくらって名前だから」

部内に「三倉」と「さくら」がいると紛らわしい。永澤はだいたいの人に「さくら」と下の名前で呼ばれていた。逆に三倉を「春仁」と呼ぶ人はいなかった。「三倉くん」、ゆえに

「三倉っくん」、略されて「らっくん」になったのだ。

「そうだ、私のせいだった」永澤がにやけた。「らっくんぐらいだったな。私のこと永澤って呼ぶの」

「そうだっけ」

「真田丸がいつだったか言ってた。おまえとらっくんは付き合うなよ、万が一結婚でもしたら『さくらさくら』になるからって」

あいつが？　三倉は最高に苦笑した。

「でも逆に、永澤って呼ばれるのが特別な気がしたよ」

永澤が言った。

何の逆？　と訊き返そうとしてこれも、呑み込んだ。

9

話しすぎたような話したりないような、気持ちを抱えて駅に向かった。

流れる人波の一部に、三倉と永澤は溶け込んでいた。もう一軒行こう、とはどちらも言わなかった。

ふいに三倉は大学時代の一晩を思い出した。『月下のうさぎ』の打ち上げ。演劇サークルの仲間と飲んだ夜だ。もちろん永澤もいた。くだらない話題で飲んでしゃべり、笑っていた。一秒たりとも無駄にできない無駄話が、咲いては散った。何を話していたのか今じゃ覚えていないし、思い出してもリバイバルは二度とない。

終電を見送り、何人かでカラオケに行き夜を越した。夜明け前、始発が走りだす線路沿いの道を歩いた。

――神崎、走ろう！

オール明けのテンションで永澤は叫んで、白みだす空の方向に走りだした。ぐだぐだな空気が漂う仲間たちの中で、彼女は凛《りん》として見えた。神崎、走ろうだってよ。と仲間、たぶん真田丸が真似をして笑う。

――いつかどっかに朝日を見に行こうよ。夜通しで、みんなで。遠くの海まで行ってさ。

追いついた神崎に彼女はそんな思いつきを語った。

――行きたいね。無茶だけど。

と答えた。

――線路を辿《たど》ればどこへでも行けるでしょ？

結局、みんなで朝日を見に行くことはなかった。あのころ後回しにした「無茶」は、未来永劫《えいごう》できないだろう。


新宿駅の改札の前、ＪＲと地下鉄の分かれ道で「今日はありがとね」と永澤が言った。

「こちらこそありがとう」

この「ありがとう」はあのころにはなかった「距離」だった。

「また飲もうね」と、永澤が微笑む。「今日は懐かしかった」

「俺も。とりあえず今度は男が出来たって報告を期待しとく」

すると永澤は首を横に振った。

「神崎以上の男はいないかも」

涙腺《るいせん》を不意打ちされた。三倉は微笑み返して涙をせき止める。今流れる涙に、理由をつける自信がなかった。

永澤は何事もなく、楽しそうなままだ。

別れの挨拶を交わす。彼女が離れていき、三倉も手を振る。また、はあるんだろうか。

「さくら」

周囲の人混みにかき消される小さなつぶやきを、三倉の喉が鳴らした。

10

永澤と飲んだ週の週末、佐奈ちゃんと会った。永澤と交わした話題について話をした。水族館デートを終えて三倉の家に来た佐奈ちゃんは、『月下のうさぎ』の台本を見たがった。

三倉はためらったが、結局クローゼットの奥にしまっていた過去の遺物を掘り出した。

『月下のうさぎ』。作、永澤さくら。

「これですね」

「それです」

佐奈ちゃんは受け取った台本をきらきらした目でめくっていく。

「こういう青春いいですねぇ。永澤さんがメインヒロインか」

軽く瞼《まぶた》を閉じる。先日見た舞台上の永澤を台本に投影しているのかもしれない。

再び佐奈ちゃんはページをめくった。

そわそわと落ち着かない気持ちになり、三倉は部屋を離れて冷蔵庫に向かった。ドアを開けると午後の紅茶がある。もう夕刻なので気兼ねなく、飲む。

「三倉さん、どうしてフェードアウトしちゃったんですか？」

ふり返ると佐奈ちゃんはこっちを見つめていた。「話を聞いた印象ですけど……忙しかったからだけじゃない気がして」

この子はやはり、鋭い。三倉は頭を掻《か》いて微苦笑した。

「……真田丸、本名真田敦也《あつや》っていう奴が同期にいてね」三倉は宙を見て、級友の顔をそこに思い浮かべる。「彼は入学してからずっと永澤のことが好きだったんだ」

——側にいると胸が苦しいくらい。

相談相手の三倉に、真田はそう言った。

あんなに一途に、恋の痛みに悩む男は後にも先にもあいつしか知らない。

「でもあいつは、永澤には告白しない、できないって」

「なんでですか」

「永澤は俺のことが好きだから、と」

三倉は自分の鼻先を指した。佐奈ちゃんは驚くでもなく「三倉さんのこと好きだったんですか？」と確かめてくる。

「そんなことはないと思う。ただ真田丸はそう言い張った。俺は、自分のせいであいつの恋が進まないなんて嫌だったし、なんていうか、自分があの場所を……」三倉は記憶の中で美化されたサークルのみんなの顔ぶれを、集うステージを思い描く。「……人間関係のいざこざで汚すかもしれないって思ったら、嫌だったんだ」

「好きな場所だったんですね？」

「そうだね」

だからいっそ、波風が立たないうちに離れようと思った。そう告げると、佐奈ちゃんは優しいですね、といって台本に目を戻した。

「あっ、三倉さん登場しました」

ページを掲げて嬉々として言った。

「この神崎っていうキャラが三倉さんの役なんですよね？」

そうです、と三倉は恥ずかしさを抑えて笑顔で答える。

「永澤と恋人役でした」

かぐや姫をモチーフとした現代劇、『月下のうさぎ』の、ヒロインの恋人役だ。かぐや姫の運命を背負った永澤演じるヒロインかぐやは、人間の姿で下界の生活を過ごしていくうち、人間の神崎と恋仲になる。

しかし、かぐやは下界で生き続けることはできない。神崎は共に生きようと訴えるが、無理なことだった。かぐやは神崎を置いていかなくてはいけない。

月に帰る刻限の日、神崎の取った行動は、かぐやより先にかぐやの前から消えることだった。最後に落ち合おうと決めた場所に神崎は訪れず、手紙だけを残す。

かぐやは手紙を読むことはせず、一人月に帰っていく。

神崎の行先は劇中、明かされない。

一稿を書いた永澤は、選考結果に驚いていた。まさか選ばれるとは予想外だった、と本人は狼狽《ろうばい》したが、主演ヒロインは満場一致で作者本人に決定される。

「相手役は、男子部員のくじ引きで決まったんだ」

神崎役が三倉になったことで真田は心中穏やかではなかったらしい。

部の稽古方針として、なるだけふだんから役柄になりきることを心がける、というものがあった。永澤は熱心だったこともあり、必然的に稽古の三か月間、三倉と永澤は一緒にいる時、とくに他の部員同席の場では恋人らしく振る舞うルールになっていた。

もちろん、実際恋人同士が取るような行動は、二人で授業を受けたり出かけたり、わざとらしく歯の浮く愛のセリフを囁《ささや》き合ったりする程度だった。見ている部員にはよく笑われた。

三倉も永澤も演技をしていた。それだけなのだ。

気持ち、などというものは時間と共に変わっていく。無意識に。

たとえば「恋」でも「友情」でもなかった純粋な「大切」は、いつしか単純でわかりやす

い「恋」や「友情」にカテゴライズされる。違う。もっと複雑でややこしいものだった、と
抗《あらが》う気持ちは、成長という穏やかな波に流され、思い出に沈んでいく。不確かなものが、増えていく。

確かなことは、自分は永澤に嫌われることをとてつもなく、怖がっているという事実だけだ。

「三倉さんは、本当に好きなのは永澤さんなんじゃないですか？　だから他の人とか私みたいに付き合わない」

話の途中で三倉は首を横に振っていた。

「違います」

あっさり頷いた佐奈ちゃんは質問を重ねた。

「永澤さんは三倉さんのことが好きだったりしないんですかね。過去、あるいは、今」

「それはないって」

「本人じゃなきゃわかりませんよ？」佐奈ちゃんは唸《うな》り出した。「無性に気になってきました。訊きたいなぁ」

自分は、永澤に訊きたいだろうか。真田丸が結婚したと聞いて、どう思った？　三倉が寄り付かなくなった後、永澤が告白した真田丸をこっぴどくふった。後悔はしていないのか？

もしかして、人に「好き」と伝えることが、できないのだろうか。ある意味、三倉と真逆で。

先日の居酒屋では、三倉はいくつかの言葉を呑み込んだ。永澤はどうだっただろう。

ため息をついて佐奈ちゃんに言う。

「訊いても教えてくれませんよ。あの人は。仮に、好いていてくれたんだとしても。秘密は墓場まで持っていく人です」

佐奈ちゃんが静かな目で窓を見た。この部屋から見慣れたであろうアングルの、夕暮れがある。差し込む西日は、つい先日までの日中の光より、温度が高い。夏本番が近いのだ。

「じゃあ菩提寺を訊いておきましょう。永澤さんが死んだら掘り返しに行きます」

私が先に死んででも行きます。佐奈ちゃんは宣言したかと思うと台本の黙読に戻った。

変わった発言は日常茶飯事だが、珍しい物言いに感じた。

三倉は声をかけようとして、ふと思った。

自分が樫井《かしい》佐奈と付き合っている理由は？　シェア恋愛に乗っている理由は？

彼女らが、三倉の取り戻せない、「学生時代」の匂いに包まれているからだ。三倉はその匂いを吸うことを、許されていたいのだ。

自分ほど人を大切にできていない人間はいないんじゃないだろうか。

佐奈ちゃんの心はどう動いているのだろうか。どれだけ見つめても、見えない。

来週、佐奈ちゃんとの契約更新日がやってくる。自分は無事に更新するんだろうか。

明日、三倉は平沼泰貴と会うことになっている。会って何かが動くだろうか？　わからない。

「行かないで！　神崎ぃ」

佐奈ちゃんがセリフを読み上げている。

明日の予定を、三倉は知らせていない。

第五章

彼女の恋

1

「寂しい物」なんてこの世には一つもない。「寂しいと感じる人」がいるだけだ。

たとえば、散っていく桜。樫井《かしい》佐奈《さな》は、その儚《はかな》い様を見るのが好きだった。寂しくなれるから、好きだった。数か月前の、飛鳥山《あすかやま》での花見でも、佐奈はしばらく喧噪《けんそう》を忘れて花を見ていた。

たとえば、水平線に沈む夕日。燃え落ちる線香花火。誰もいない教室。思い出と結びついた歌。どれもこれも、それ自体は寂しい物じゃなくて、けれど、寂しさのためにある。

それじゃあ、今の自分も、決して。「寂しい物」じゃない。

2

昨日の夜、翔《かける》が走ってきた。

ノーデートデイに呼び出しは珍しいなと思いつつ、待ち合わせの公園にいると、息を弾ませ、汗を散らして佐奈のところに走ってきたのだ。

それから言った。

「俺だけを選ぶ気はないか？」と。

ほぼ同じセリフを、花見の日に平沼《ひらぬま》くんに言われた。あの時と同じ返事を返してもいい。でも、翔は満足しないだろうし、その答えを言ったら失望されてしまうような予感があった。

はぐらかすように佐奈は、月を見上げた。

そして、「うさぎ、いないね」とつぶやいた。

夜の公園で、私は滑り台の上にいた。翔は地面に立って、ポケットに手を入れていた。佐奈の言葉に相づちは打たなかった。

腕が痒《かゆ》くなる。蚊に刺された。耐えきれないほど、痒くなる。佐奈は滑り台を滑って砂場に立った。

「どうして？　翔」

「もうやめにしたくなった。俺はおまえが好きだから」

佐奈は目を逸《そ》らした。その先には無人のブランコがあった。誰も座っていない、風にも揺れていない、それは寂しく見えた。

スカートに忍び込んだ手が、しなやかに太腿《ふともも》を滑る。ストッキングの中に入った指が、ぐいぐい、と薄い布の膜を引き下ろしていく。

平沼くんの手つきは日に日に器用になっているな、と、生徒の成長を喜ぶ先生みたいな気分になる。

「どうしたの？」

にやけていたのだろう。ストッキングを半分下ろした平沼くんが訊《たず》ねた。

「なんでもない」と答える。頷いた平沼くんは右手でストッキングの攻略を続けて、左手は、佐奈のタンクトップの上をさすり始めた。

佐奈はその瞬間を狙って、ぐっと平沼くんの首筋に唇を当てる。それから、耳元へ。

「泰貴《たいき》」

スイッチが入ったように、平沼くんの動きは激しくなる。佐奈、佐奈、という平沼くんの声は、ゼロ距離で私の皮膚に吸い込まれていく。私はベッドと彼の体にぎゅーっと挟まれた。

セックスの余韻がだいたい過ぎたころ、昨夜《ゆうべ》、翔に言われたことを、平沼くんに打ち明けた。どう思う？　と。

「……ふつうだと思うよ」

あれ、と佐奈は思った。驚いていない。

「独占欲が出てきてもおかしくないよ。樫井さんはどう答えた？」

「シンキングタイムプリーズって」

「なんで英語」

平沼くんが笑みをこぼした。こぼれた笑みを拾って、佐奈も笑う。

「もしかして、今のままがいいって思ってるのは私だけ？」

平沼くんは答えなかった。

答えを促そうか？　自問した時、インターホンが鳴った。

佐奈はベッドから手を伸ばし、壁の受話器を取る。宅配便です、という声がした。

段ボール箱が一つ。実家からの仕送りの品だった。佐奈は開封して、ぎっしり詰まった中身を改める。服を着た平沼くんも覗《のぞ》き込んだ。

「米と野菜と缶詰……大量だね」

「母上からの、兵糧《ひょうろう》じゃよ」

荷物の中に、お母さんからの一筆箋《いっぴっせん》が入っていた。〈元気？　夏休みには帰ってくるんでしょう。待ってるよ〉

文字面からも相変わらずの呑気《のんき》さがにじみ出ている。

一筆箋の他に、写真が一枚入っていた。佐奈が手に取ったのを見て、平沼くんが言う。

「ご両親、仲良さそうだね」

北海道旅行に行った、とは先月あたりメールでいっていた。札幌の時計台の前で並ぶ夫婦の姿が写っている。

でも、両親ではないんだ。と、言うのはやめておいた。

佐奈の両親が健在だったのは、小学校四年生の秋までだった。その年、父が交通事故で死んだからだ。写真で、お母さんと並んでいるのは、再婚相手の田鍋《たなべ》さんだ。再婚したのは佐奈が中学二年生の時。思春期ど真ん中の娘に気を遣って、先延ばしにする二人に、気にしてませんから、と必死にアピールをした。ようやく納得して結婚をしてくれた時には安堵《あんど》した。難儀なお見合いを成立させた仲人の気分だった。心から祝福したし、田鍋さんに対してぎくしゃくしたことはない。

平沼くんが玉ねぎを見て、「今夜はカレーにしようか」と言った。「単純だなぁ」と佐奈は彼の頭を撫でる。むっとする顔が、可愛い。

「カレーは明日食べるから」

「あ、そっか」と平沼くんは頷いた。

3

翌日の彼氏は、三倉《さくら》さんだった。

二週間前に契約を更新した際、一つだけ契約事項が増えた。

会う頻度を十日に一回にする、という項目だ。

「なんでですか？」

当然、佐奈は質問した。

「試してみたいんだ。会う頻度を減らしたら、僕たちがどうなるか」

驚いたのは、三倉さんがどうやら、本音を返してきたようだったからだ。はぐらかすだろうと予想していたのに。

「……臨床実験てやつですね」

佐奈は重々しく頷く。

「臨床実験じゃないよ」

三倉さんは笑った。でも、眼鏡の奥の目が真剣なのは、見なくてもわかった。

今日、三倉さんが連れて行ってくれるのは、タイカレーのお店。

「気に入ってもらえるといいんだけど」

道すがら三倉さんは言ったけれど、杞憂《きゆう》だ。三倉さんが連れてってくれたお店で、失敗したことはない。

今日は長身の三倉さんに合わせてヒールを履いてきた。慣れないから歩くペースが遅くなる。三倉さんはさりげなく佐奈の速さに合わせてくれていた。

歩きながらふと、三倉さんはいつ失敗というものをするんだろう、と思った。そのまま口にしていた。

「え？」三倉は目を丸くした。眼鏡に手を当て、「失敗なんて、しょっちゅうしてるよ」

「本当ですか」

「こないだだって、会社で発注書の数字を間違えて怒られたばかりだし、得意先へのメールを間違えて送って、赤っ恥をかいたり」

「意外です。でも、恋愛事ではないでしょう」

いえいえ、と三倉は首を横に振る。

「ありまくりだよ。こんな恋愛形態だから、格好悪い失敗はいくつもある。街中で引っぱたかれて振られたこともあったしねぇ」

「そうなんだ……」

　頷きながら、残念に思った。

　今、自分がこっぴどく三倉さんを振っても、三倉さんにとっては初めての体験じゃないのだ。


　カレーのお店の開店時間までに少し時間があった。どこかぶらぶらしようか、という三倉さんに、ある思いつきを提案した。

「行きたいところがあるんです。この近くの商店街」

「何かのお店？」

「お店、だったところです」

　疑問符を浮かべた三倉さんの手を引いて、私鉄の駅方向に歩いていく。

　人がまばらな商店街に、シャッターの下りたお店が並ぶ。これも、寂しいんじゃなくて、寂しいと感じる人がいるだけの景色。

　そのうちの一軒、張り紙の張られたテナントの前で佐奈は立ち止まった。三倉さんが怪訝《けげん》な目で張り紙を見る。テナント募集中、という内容だ。

「こないだまで、ジョハリっていうお店が入ってたんですよ」

「ジョハリ」

三倉さんが目を細めた。

「ふうちゃんのバイト先だったんです。あっふうちゃんて私の友達で」

「会ったことあるよ」

そういえば紹介したことがあったかもしれない。

「で、どうしてここに？」

「ちょっと余韻に浸りたくなったんです。三倉さんみたいに」

佐奈が言うと、三倉さんはハッとした顔で口をつぐんだ。佐奈は、静かにジョハリの抜け殻を見て、夏子《なつこ》さんのことを思い出す。

4

初めてジョハリを訪れたのは、去年の冬だった。ふうちゃんが時々話していた、バイト先の事。お店の名前を検索して、夏子さんのブログを見つけた。定期的にブログを読むようになった。実際にお店に行ってみようと思ったのは、新作のストールの写真を見て、花柄のそれがどうしても欲しくなったからだ。

思い立って即行動した。せっかくだからお洒落《しゃれ》好きな浜野《はまの》くんも誘った。二つ返事で浜野くんは行くと言った。

ブログに載せられた地図を頼りに、といっても駅からは一本道だったけれど、二人は歩いた。

店の前に来た時、目に飛び込んだのは子どもが泣いている光景だった。驚いて目を見張っていると、店内から女性が二人現れた。片方が、子どもの母親らしい。

子どもの頭を下げさせ、自分も何度も平謝りしている。もう一人のワンピースの女性はひたすら「いえいえ、大丈夫ですから」と困り顔でくり返した。

「あらら」と浜野くんがつぶやく。「割っちゃったんだ」

ワンピースの女性が俯《うつむ》いている子どもに野球ボールを手渡し、微笑《ほほえ》む。「また来てね」と言った。

親子が去った後、店の真ん前まで来た。

店のドアの横に小さな窓が並んでいる。そのうちの一つが、ひび割れていた。きっと、あの子どもが誤ってボールをぶつけてしまったんだろう。

ガラスの亀裂を見つめていた佐奈は、店内に戻ったワンピースの女性と目が合った。夏子さんはこの人に違いない、と直感した。

「こんにちは」と浜野くんが先に挨拶をする。

ドアをくぐってお店に入る。

「いらっしゃいませ」と夏子さんが言った。「あれ、割れちゃったんです」と自分が失敗してしまったかのように言う。

佐奈はにやっと笑ってみせた。

「ジョハリの窓が割れましたね」

夏子さんが「えっ」という表情をしてから、笑った。

「確かに、そうね」


ふうちゃんは休みだった。いたら驚かせようと思っていたので少し残念だった。佐奈と浜野くんは夏子さんに軽く自己紹介をした。ふうちゃんの友達だというと、夏子さんは嬉しそうな顔をした。

「あまり大学のお友達の話は聞かないから、ほっとしたわ。ちゃんと仲良しがいるのね」

そう言ってから夏子さんは、私、なんだか母親みたい、と照れた。佐奈は可笑《おか》しく思いっつ、自分の話がされていないということに、一抹《いちまつ》の物足りなさを覚えたりした。

「鶴谷《つるたに》さん、バイト先の話もあんまりしないんだよなぁ」

浜野くんが言う。

夏子さんは割れた窓を見つめながら言った。

「自分の世界をきっちり分けたいのかもしれないわね」

なるほど。なら、今日このお店に来てしまったことはふうちゃんには、言わないほうがいいのかもしれない。思ったままを夏子さんに言った。

「ぜひ、ここは内緒ということで」

夏子さんは苦笑したが、頷いてくれた。

「はい。内緒、ね」

「内緒なんだ？」と苦笑しながらも「じゃ俺も内緒で」と浜野くんが言う。

夏子さんは一度バックヤードに入って、段ボールと布テープを持って現れた。壊れた窓を塞ぐつもりだろう。

佐奈は手伝うと言ったら断られると確信して、脇によけた。窓に夏子さんが段ボールを当てる。光が一枚、消えてしまった。

「翔くんていう友達がいるの？」

「えっ」

「唯一、何度か風香ちゃんの口から出てきた名前」

「そうなんですか」

夏子さんは顔を上げて微笑んだ。

「もしかして風香ちゃんの恋人かしら？　翔くんの話をする時、やけに楽しそうで……」

横で浜野くんが慌てた顔をした。

「あ、翔は私の恋人です」

夏子さんの表情が硬直した。気まずそうに笑う。

「そうなの。ごめん。勘違いして」

「いえいえ、全然」

ふうちゃんが翔のことを好き、ということがありえるだろうか。考えると、妙にざわざわした気持ちになった。


その後ジョハリに行ったのは、三、四回だ。佐奈はいつも、ふうちゃんがいない時間に行った。そして数分間、大学の話をした。ちなみに浜野くんは佐奈より頻繁に通っていたらしい。夏子さんとも馴染《なじ》んでいた。でも浜野くんも、ふうちゃんのシフトとはずらして行くルールを最後まで守っていたみたいだ。

佐奈が最後に訪れたのは、閉店の四日前だ。その日もやっぱり、ふうちゃんがいない日を選んだ。

「どれでも安くできるから」

残り少なくなった商品を見回す佐奈に、夏子さんが言った。

「迷っちゃいますね～」

佐奈は最前列の棚に並んだ、陶器の食器を手に取った。

「この間、風香ちゃんに連れられて翔くんが来たわよ」

危うく、食器を取り落しそうになる。夏子さんが微笑んだ。

「お互い秘密が多いのね。風香ちゃんにはあなたが来ていること話してないから。翔くんは、あなたにお似合いだなぁって、思った」

嬉しい半面、落ち着かなかった。なぜだろう。

たくさんの幼いしゃべり声が近づいてきた。窓を見た。お店の前を、幼稚園児の行列が歩いている。園児たちはおそろいの服に帽子で、手に手を取ったり突っつき合ったりしている。

「あぁ。よく通るの。元気よねぇ」

「男の子も女の子も関係なしですね」

「そうね。あの年ごろは、みんな仲良し」

大人になっても、仲良しでいられればいいのに、と時々佐奈は真剣に思う。儚い理想だ。佐奈は翔との時間も、平沼くんとの時間も、三倉さんとの時間も、どれにも存在していたい。どの時間も好きだから、欲張って、彼らと同じ配分で、笑い合いたいだけだ。

佐奈は結局、ティーカップを一つだけ買った。「ありがとうございました。元気でね」という夏子さんの言葉とおつりを受け取る。

「こちらこそ、ありがとうございました」

店を出て、佐奈はふり返る。優しげな店長は、ジョハリの窓の向こう側で微笑んでいた。


ぼーっとしてるけど大丈夫？　という三倉さんの声で我に返る。

「大丈夫です」

あの窓を見る。当然あの後付け替えられたガラスは、割れていない。でもこの窓はすでにジョハリの窓じゃない。

「どうしても見ておきたくて」

空っぽになっちゃったこのお店を。

やっぱり、三倉さんは深く追及してきたりしない。そっか、と、ひんやり優しく、頷いた。

5

カレーのお店に行った。タイカレーはまろやかでココナッツの香りがよくて、やっぱり美《お》味《い》しかった。

まだ時間は早かったけれど、三倉さんの家に向かうことにする。

二人きりの時間を大切にしなきゃね、と契約を更新する時に三倉さんは言った。有難《ありがた》みを忘れないよう、会う回数を減らすのかな、と佐奈は理解していた。

「佐奈ちゃん」

「はい」

「くだらない質問をするよ」

三倉さんは前置きをした。

「もし僕と小山田くんと平沼くんが、目の前で溺《おぼ》れてたら、佐奈ちゃんは誰を最初に助ける？」

腕を組み、佐奈は真剣に考える。

「体力的には翔が持ち堪《こた》えそうだよなぁ」

「いや、そういう現実問題ではなくて」三倉さんは苦笑した。「ごめん。やっぱりくだらなすぎた」

「私、全員まとめて助けますよ」力強く佐奈は言う。質問の意図はわかっている、と訴えた。「一番とかそういうの、決めないのが私たちですよね？」

「うん」

「私、本気で三人のこと好きですから」

三倉さんが微笑みを崩さずに、佐奈の頭をぽん、と撫でた。撫でられて寂しくなったのは初めてだった。

6

翔が告白してきた時のセリフを、佐奈は覚えている。あれは一年生の九月末で、新しい授業の時間割に、体を慣らしている時期だった。

「一緒に帰ろう」

と、翔が言った。いつもは自然に下校するので、改めて誘われてそわそわした。

自転車を押す翔は、いつもよりいくらか口数が少なかった。佐奈は気にせず、バイト先の話や付き合っていた店長とのギクシャク具合を話した。もしかしたら近々別れるかもしれない。そしたら予定がなくなっちゃう、と。

「予定がないのは嫌か」

「うん、やだ。スケジュール帳は埋まってないと、悲しくなっちゃう」

重々しく佐奈は返す。

急に翔が足を止めた。

「俺が彼氏になって、スケジュール帳埋めるの手伝ってやろうか？」

「へ？」

見つめ合って、翔の力強い眼差し《まなざ》しに、鼓動が高鳴った。佐奈は頷いていた。翔のことは、とっくに、好きだった。

「一緒に、埋めていこうね」

それから、佐奈のスケジュール帳は真っ白になることなく、今日まで続いている。翔、三倉さん、平沼くん。三人を佐奈は好きになって、恋を続けてきた。

三倉さんの自宅に泊まり、翌朝、自宅に向かいながら、考えを巡らす。

翔とふうちゃんの関係は、佐奈の知らないところで変化したんだろうか。なぜなのかはわからないし、どうすべきなのかもわからない。佐奈はふうちゃんが好きだ。女の子らしくて可愛いのに、自分よりよっぽど、さばさばしているところが。翔もそんなふうちゃんを、好きになった?

シェアのルール上、翔の行為は違反じゃない。でも三倉さんの女性関係みたいに、割り切れそうになかった。翔だからなのか。相手がふうちゃんだからなのか。両方?

シンキングタイム、はいつまでも許されるはずがない。翔に、答えなくてはいけない。

別れるべきなんだろうか、と、初めて考えた。そうしたらきっとスケジュール帳に空白が生まれるだろう。スケジュール帳の空白は、心の空白になる。

涙がにじんだ。俯き加減に歩いていたので、前髪が瞳を突っついたからだ。帰ったら前髪を切ろう、翔の問題は置いておいて。決意した。


決意は脆《もろ》かった。

帰宅してベッドで横になり、朝の情報番組を見ていたら、いつのまにか眠っていた。目を覚ました時には、午前中が滅んでいた。

日当たりのいい佐奈の部屋には、夏の光が居座りやすい。出ていけ出ていけ、と言わんばかりに佐奈はクーラーのスイッチを入れ、汗に濡れた服を着替える。

前髪、前髪、と言い聞かして、ハサミを手に鏡の前に座った。どのくらい切るかで、悩む。

眉《まゆ》上、眉下。眉上、眉下。

眉上かな？

鏡の中の、瞼《まぶた》の重い女に訊ねる。

左から右に、眉上から眉下に降りていくように切ろうか？　アシンメトリーに。

鏡の中の人が頷いた。

ハサミをかざして、ちょき、ちょき、と鳴らす。佐奈の目の前で、霧雨みたいに髪の毛が降る。佐奈は前髪を切るたびに、前向きになる。小学生の時のある出来事がきっかけだった。本当に些細《ささい》なエピソードだけれど。

四年生の時が、佐奈は人生で一番無口で、沈んでいた。父が死んで、生活がいろいろと壊れてしまったからだ。お母さんは、佐奈に変わらない日常を与えようと懸命だったけど、逆に空回りがはなはだしかった。佐奈は白々しさが見えないほど鈍感な子どもじゃなかったけど、継《つ》ぎ接《は》ぎだらけの思いやりに満足できるほど大人でもなかった。

自然、お母さんにも素っ気ない態度を取るようになり、お母さんもそれを感じ取った。父の死で余裕のなかった母親は、娘に歩み寄る努力よりも、ひとまず娘の反抗期もどきに甘んじて、休息を取る選択をした。

無関心は無関心を呼ぶ。そう学習をした佐奈は、無断で外出することが増えた。それまでは両親と一緒じゃなければ町のデパートにも行けなかったのに。

　ある日曜日、お母さんが何かと戦うように掃除機をかけるのをしり目に、佐奈は家を出た。目的地はなくて、ただただいつもの通学路を歩いた。通学路を歩いていたら、日曜日の小学校に当然辿り着いて、用はないから学校の先を歩き出した。畑、畑、畑、という畦道《あぜみち》を越えて、家、畑、家、の隙間の路地を縫った。

　来たことのない隣町に出た時、帰れるか不安になった。その程度には子どもだった。

　寒かった。ふと冷たい北風に吹かれて、髪の毛が顔を叩いた。そして長らく髪を切っていない、と気づく。お母さんが佐奈を床屋に連れていくことを、忘れているからだった。

　髪を切りたいと思った時、目の前にお店が現れた。窓ガラスにヘアサロン、という文字とハサミのイラスト、料金表が書かれていた。佐奈を招いているように見えた。

　もちろん、初めからそこにあって佐奈が見えていなかっただけなのだ。赤と青のぐるぐるがあれば理容室で、なければ美容室、という認識が佐奈にはあった。ぐるぐるがないから、美容室だ。

　衝動的に、佐奈は美容室のドアを開けていた。

「いらっしゃいませ」

　椅子《いす》が三脚しかない、小さな美容室だった。美容師が一人。パーマがぐるぐるで眼鏡をかけた、年齢のわからない男の人。

「ご予約は？」

と美容師が訊《き》いてきた。あっ、と思う。

「してないんです」

「そう。どうぞ」

そう言って椅子を指す。

「いいんですか」

「いいの。お客さんいないから」

佐奈はおずおずと椅子に座る。美容師がぐいぐいとペダルを踏んで、佐奈の視界が上昇した。鏡に映るのは、髪の毛をばさばさにふり乱した、地味な小学生だった。美容師が鏡に向き合う。

「どうします？」

どうしたらいいんでしょう？　という顔で佐奈は首を傾《かし》げた。

「とりあえず、前髪最初に切っちゃいましょうか」

「えっ？」

「見えるものも見えないでしょう」

美容師は言うが早いか、櫛《くし》とハサミを手にさっと野菜を刻むように、佐奈の前髪を切った。

「どう？　見やすくなったでしょう」

何がどう見やすくなったのかはわからなかったけれど、鏡に映る自分が幼くなった気がした。

「子どもみたい」

いや、最初から子どもだった。つぶやいてから恥ずかしくなったけれど、美容師は頷き、微笑んだ。

「髪を切ったら誰でも子どもになるからね。成長した分を、切り落としちゃうから」

佐奈はなるほど、と感心して頷いたのだけれど、美容師は「ごめんね。おじさん今テキトーに言った」と謝っていた。

じゃあ私の髪型もテキトーで、と佐奈は明るい気持ちで言えた。

長さはこれくらい？　などいくつか質問され、佐奈は何度か頷いた。

「お嬢ちゃん、近所の子？」

「うん」と頷き、「お母さんがあとで迎えに来る」と嘘を吐《つ》いた。

「そっか。お母さんに新しい髪型見せるの楽しみだね」

あまり楽しみには思えなかった。きっと勝手に出歩いてきたことを怒られるだろう。お父さんが生きていればこんなことにはならなかった。新しい髪型を、うきうきして両親に見せられていたはずなのだ。

「別に、お母さんには……」

馬鹿正直に、佐奈は曇った表情を浮かべていた。ハサミを持った美容師の手が一瞬止まる。けれどすぐに彼はにやっと笑った。

「なるほど。好きな子いるんだ？」

櫛で鏡の中の佐奈を指す。うぇっ？　と変な声を佐奈は発する。

何を誤解したのか、美容師はしたり顔で何度も頷いた。

「みなまで言わなくていいよ。あぁいいねいいね。よし。気合入ってきたよ。そうとなれば素敵なヘアスタイルにしてあげる」

そうとならなければ素敵なヘアスタイルにしてもらえないのか？　と不安になり、佐奈は誤解を訂正しなかった。

「相手はどんな子？」

「えっ？　ふつうの……」

「ふつうか。ふつうが一番だよね。二人でおでかけしたりするの」

「お、おでかけ？」

「デート」

「……公園？」

「おぉ。パーク？」

なんで英語にするんだろう、と疑問だったけれど頷く。

「いいよね。代々木パーク、井の頭パーク、上野パーク、ジュラシックなパーク」

どのパークも佐奈は知らなかった。美容師は丁寧な口調で、

「ジュラシック以外は、東京のパークだよ」

と言った。

東京。良いイメージはその当時なかった。

「東京はね、公園が最高なんだ」

なぜか英語をやめて美容師は続けた。きっと美容師は東京で暮らしていた人だったんだろう。

そうか、東京は公園が最高なのか、と佐奈は大きな知識を得た気になった。瞼を閉じて、見たことのない公園の姿をイメージする。広い原っぱ。数え切れないほどのブランコ。光り輝くジャングルジム。砂場は砂浜みたいに広くて、佐奈が入れるほど大きなお城も作れる……。すごく、いい。

大人になって当時のイメージは大きく間違っていたと知ったけれど、東京の公園を褒《ほ》めた美容師の意見には、今も同意できる。

夢の公園を描いているうちに、佐奈は寝ていた。カットは終了していた。

「うわー」

びっくりした。ばさばさに伸び放題だった髪は、首筋にかかるぐらいに、綺麗《きれい》にカットされていた。ボリュームも落ちて、艶々《つやつや》としている。

「いかがでしょうか」

恭《うやうや》しく、美容師が問いかける。

「素敵」

と、鏡の中の少女は答える。

持っていたおこづかいをほとんど使って会計をした。お店を出る。髪を切った分、風を強く感じた。でも不思議と寒くはなくて、清々《すがすが》しかった。

7

前髪を切ると、あの気分がちょっとだけ蘇《よみがえ》る。あの美容室に行くことは二度となかった。

すぐに閉店してしまった、という噂も聞いた。

ちょき、ちょき、と前髪を切り揃える。ちょっと、毛先の枝毛も気になりだして、切る。

なぜか、くんくん、と自分の髪の匂いを嗅《か》いでみる。佐奈の髪は良くも悪くもあまり香らない。ふうちゃんの髪は、いい匂いがする。というか、ふうちゃんはいい匂いがする。

いい匂いを、翔はぎゅっとしたんだろうか。雑念を断ち切りたくて、ハサミを鳴らす。でもダメだった。答えを出さなくてはいけない。……煩《わずら》わしい。

三倉さんは会う頻度を減らすことで、佐奈への愛情まで減っていったりしないだろうか。

平沼くんは、いつも佐奈を喜ばそうと頑張っている。疲れちゃったりしないだろうか。疲れている平沼くんに、佐奈は疲れてしまわないだろうか。

ちょき、ちょき、という音。比例して佐奈は無性に心細くなってきた。おかしい。前向きになるための儀式なのに、不安がなくならない。

涙は落ちない。細かい髪の毛が落ちる。

ぴこーん、と佐奈はひらめいた。

ミニコンポの電源を入れて、レモンスカルのCDを再生した。できるだけ激しい曲を選ぶ。ギターの悲鳴と、ドラムの怒号が部屋を走る。

衝動のまま洗面所に向かう。バスルームに入って、浴槽に踏み入った。鏡を覗きながら、髪をテキトーに摑《つか》んだ。そして、ばっさりと、切る。

鏡の中の女子大生が笑った。

楽しそうだ！　佐奈は音楽に乗って、ステップを踏んだ。

サビのビートに合わせてハサミを鳴らす。Bメロとサビの間の長い間奏で、頭をシェイクする。

曲が終わるまでの四分、ノリノリで髪を切った。足元の浴槽に黒い塊がはらはらと落ちて、溜まっていった。

ハサミのリズム。ちょき、ちょき、ちょき。

じゃんけんだったら、ぐー、ちょき、ぱー。


そして、ぱー、って感じになる。

音楽が止んで、我に返った。猛烈な後悔が佐奈を襲う。鏡の中には、ひたすらに変な髪形の、泣きぼくろの女がいた。

「まずい」

髪を手で梳《す》いてみる。

「これはまずい」

ニット帽を目深《まぶか》に被り、佐奈は行きつけの美容室へ走り、どうにか修復できませんか。と哀願した。

人生で初めて、佐奈はゆるふわパーマのショートヘアになった。生まれ変わったといっても過言じゃない。

次の日、パーマと同じぐらいゆるふわとした足取りで、大学に向かった。

すでに夏休みに入っていたけれど、図書館で夏季課題のレポートを進めるつもりだった。自宅だとはかどらないし、喫茶店はお金がかかる。

図書館に近づいていくと、喫煙所で浜野くんが煙草《たばこ》を吸っているのが見えた。

「浜野くーん」

手を振りつつ近づくと、無表情に煙草をふかしていた浜野くんが顔を上げた。そしてすぐ、ぎょっとした顔になる。

「……どうしたの、頭」

その言い方には佐奈もムッとした。

「私の頭は元から変だよ！」

「あぁ、そうじゃなくて、髪型。イメチェン？」

「そう。そんな感じ」

詳しくは語るまい、と思い、「どう？」と訊く。浜野くんはしばらくぼーっと佐奈を見ていたけれど、急に表情をくしゃっとさせて、笑った。

「え？　えっ」

「いや、いいと思う。かなり、雰囲気変わった」

慌てる佐奈を横目に煙草を捨てると、立ち上がる。

「変わるっていいね。うん。ありがと」

なぜお礼を言われるのかさっぱりわからなかった。

「ライブの練習は順調？」

確か夏恒例のライブが近いと言っていた。

「たけお先輩が燃えているよ。ラストライブだから」

脂肪も燃えたらいいのに、と浜野くんは言った。

「翔は？」

「張り切ってる」

薄く笑うと浜野は立ち上がり、「じゃ、練習あるから」と歩いて行った。

8

夏休み中の図書館は人が少なくて静かで、本来の図書館らしさがあった。

コンセント付きの卓に座り、ノートパソコンを開く。同時にインターネット接続をした。レポートを始める前に、軽くネットニュースを見たり、友達のSNSを覗いたりした。

ふうちゃんの日記は一週間前が最後の更新だった。新しいバイト先での仕事が慣れてきた、という報告だった。バイト仲間との写真も載っている。楽しさのアピールだ。いいなぁ、と思う半面、ジョハリをもう忘れちゃったのか、と嫌な気持ちになる。あぁこれは、ふうちゃんへの嫉妬心のせいか。

いけない。髪を切ったんだから、よけいなことを考えるのはやめよう。

そう思ってレポートにとりかかろうとした時、背後に人の気配を感じた。ふり向くと、平沼くんがいた。

「お疲れ」平沼くんが小声で言う。「レポートやりにきたんだ。家だとはかどらなくて」

やっぱり、発想が似ているなぁと、佐奈は笑った。

「私も」

平沼くんは二つ隣の席に座った。今日は彼氏の日じゃないから、友達同士だ。

「髪、切ったんだね」

「うん。似合う？」

平沼くんは首を傾げた。

「そうだね、可愛くなったと思う」

佐奈はじっと平沼くんを見た。平沼くんが落ち着きのない様子で見返してくる。

「恥ずかしがらずに可愛いって言ってくれるようになったなーと思って。どんどん頼れる人になってくれてる」

「頼れる？　そうかな」

平沼くんはレポート作業に取りかかった。佐奈も続きを始める。

一時間が過ぎ、集中力が途切れてきた。佐奈は席を立ち、書架の周りを歩いて回った。絨毯《じゅうたん》の敷かれた通路。向かいから歩いてくる人影が急に立ち止まった。目を向けると、男子学生が佐奈を見て、固まっている。見覚えがある。同学年ではない……手元に目線を向け、「あっ」と思う。四月ごろだったか、学内ラウンジでお茶をこぼした一年生にハンカチを貸したことがあった。コンビニでバイトしているのを見たこともある。あの彼だ。

「こんにちは」

佐奈は言った。相手は雷に打たれたような驚きの表情を浮かべる。

佐奈の顔を凝視していた一年生は、意を決したみたいに口を開いた。

「い、一年生の、黒崎《くろさき》っていいます」

震える声が静かな空間に吸い込まれる。

黒崎は首筋に手を当てた。猫背だった背筋を伸ばす。

「樫井先輩」

「え？」

名前教えていたっけ、とびっくりした。

「……僕のこと覚えてますか」

「覚えてるよ」

佐奈は微笑んだ。黒崎は体を震わした。

「僕、何度か、先輩のこと見かけました」

「コンビニで会ったよね」

「ほ、他のところでも」

「そうなの？　声かけてくれたらよかったのに」

無理、無理というふうに首を振る。

「そんなこと……」

おかしなことを言うなぁ、と思った。

「今話しかけてくれたじゃない。よろしくね」

佐奈は黒崎に歩み寄った。

「今日は図書館で勉強？　偉い〜」

自分が一年生の時は遊びほうけていた。

「することが、ないんです」

黒崎の声が小さくなる。

「友達少ないの？」

ダイレクトに訊ねると、黒崎が恥じ入るように俯いた。

「ああ、だったら」

佐奈は黒崎の手を取った。黒崎がまた感電したように震えた。

「友達になろうよ」

黒崎は握られた手をどうしていいかわからない様子で、あたふたとしていた。

その時だ。急に横から強い力で佐奈は腕を引かれた。

「えっ」

平沼くんだった。

「どうしたの？」

答えずに平沼くんは、佐奈の腕に自分の腕をくぐらせて、険しい表情で黒崎を見た。黒崎は怯《おび》えた目で平沼くんを見上げてから、小走りで去っていく。

その背中が廊下の角で消えてから、改めて平沼くんに「なんで？」と訊ねる。

「……気安く近づきすぎだよ」

怖い声だった。

そうか。いつぞやの翔も、佐奈へ警戒心がなさすぎると腹を立てていた。同じ理由で、平沼くんも怒ったのだ。佐奈は微笑を向ける。

「ごめん。心配させちゃって……」

「心配？」平沼くんが佐奈の言葉を遮った。いつもと違う、乾いた声が響く。「樫井さんの心配はしてないけど」

「あれ」と思わず佐奈は言った。浮かべていた笑顔が硬直するのが自分でわかる。

「どうして友達になろうなんて言ったの？」

「それは、だって」

「ハンカチを渡した日、今の一年生に言ったこと覚えてる？」

佐奈は黙った。覚えていなかった。

「謝罪とお礼をくり返す彼に、樫井さんは『いつかお礼をしてくれたらいいよ』って返した。どんなお礼すればいいですかって言われて、『私がピンチの時、助けてね』って冗談めかしてた」

平沼くんの声が、静かな廊下で渦を巻いて、佐奈の体に刺さっていく。

「だからたぶん、あの人は、学内で樫井さんを見つけるたびに……何かあったら駆けつけなきゃと思ってたんだと思う。何か起きることなんてないのに。ていうか、話しかけるきっかけが来るのを、ずっと期待して待ってて……。でも忘れてたんだよね。樫井さんは」

ふいに平沼くんが言葉を切って、宙を見た。すぐに佐奈に戻した目が潤んでいて、佐奈は胸が詰まるほど驚く。

平沼くんは諦めたような表情で小さく息を吐いた。

「樫井さん、人を無駄に期待させすぎだよ」

「私はただ、好きだと思える人をみんな大事にしたいだけで……」

「寂しさをごまかしたいから？」

絞り出した声は、あえなく平沼くんにつぶされた。ごまかしたい？　そんなことない。寂しそうだから、だ。側にいたくなるだけなのだ。

散る桜、沈む夕日、燃え落ちる線香花火、誰もいない教室、思い出と結びついた歌。誰かを求める、一人ぼっち。

この世に寂しい物なんてない。寂しいと感じる、私がいる。寂しそうに見える人のことを、もっと知りたくなる。

そして、その人を笑わせてみたくなる。笑わせてもらいたくなる。一緒に笑ってみたくなる。翔の前では歯に衣着せない自分を見せたい。不器用で繊細な翔が肩の力を抜いて接することのできる恋人でいたい。三倉さんには子どもみたいに甘えたい。『契約彼女』たちに罪悪感を持つ三倉さんが、そんなものを抱かなくていい唯一の存在になりたい。似た者同士の平沼くんとは、同じ痛みを分け合いたい。寂しさに誰より敏感な平沼くんと、小さな喜びを二倍にしたい。

平沼くんが、背を向けた。佐奈の胸の内では言葉が溢《あふ》れているのに、外には出せなかった。それらは喉《のど》で詰まって意味のわからない呻《うめ》き声にしかならない。

「別れようよ」

平沼くんが言った。

心の一部が陥没したように、痛んだ。

「嫌だ」

佐奈は言った。

「大丈夫でしょ。俺いなくても、あと二人いるし。次の人もすぐにできるよ」

「今日は私たち友達同士の日だよ。だからふることなんか……」

「そういうの、もういい」

こっちを見ずに平沼くんは言うと、席に戻り、荷物を抱えた。佐奈の目の前を横切り、歩いていく。

平沼くんにふられた。まるきり、あっけなく。

静かな廊下で一人きり、何かに守られていた心が丸裸に晒《さら》されてしまった心地で、佐奈は立ち尽くした。

9

心が丸裸になったせいかわからないけど、佐奈はその夜、風邪を引いた。春、夏と立て続けに熱を出すのは珍しかった。ひょっとしたら死んでしまうんじゃないかと思った。

次の日は平沼くんの日だったけど、当然会えるはずがない。丸一日、家にこもって布団にくるまっていた。水分だけ取り、時々テレビを見た。トイレの時だけ床を歩き、シャワーは浴びなかった。

手品のように一日が消えて、また次の日がやってきた。今日は誰の日だっけと手帳を確認すると、フリーの日だ。フリーとは、孤独っていう意味だったっけとぼんやり思う。大学に入学して最初の数か月を思い出す。佐奈は一人だった。周りには人が多すぎて、誰かと関わりたいのに誰と関わったらいいかわからなかった。

午後に差し掛かるころ、電話が鳴った。意外な相手が表示されていたので、佐奈は電話に出た。

「もしもし」

『私』

ふうちゃんの声に間違いなかった。

『佐奈、今、暇？』

「え。うん」

『直接会って話したいことがあるんだけど。五分で済む』

「あー、待って。うん……」

頭をぼりぼり掻《か》いて、迷っているとふうちゃんが淡々と「っていうか」と続けた。

『佐奈の家の前にいるから』

「……ええっ」

　とりあえず適当な服に着替え、顔を洗ってからふうちゃんを出迎えた。玄関を開けると、眩《まぶ》しい白のドルマンスリーブ姿のふうちゃんが立っていた。

「おはよう」

　ショートパンツが長い裾にほぼ隠れて、はいていないように見える。しかも、白くて長い生脚。しかも、ペディキュアばっちりのつま先が覗く可愛いサンダル。

「おはよう……。眩しくて目が覚めるよ」

「今日そんな天気よくないのに」

　ふうちゃんは目をこする佐奈の動作を勘違いしたようだ。

「顔色悪いね。せっかく髪型変えたのにぼさぼさだし」

「風邪ひいて昨日寝込んでた」

「えっ。そうなの」

「とりあえず、入る？」

　頷いてふうちゃんが部屋に入ってきた。ふわっと甘い香りがする。二日間風呂に入っていない自分を思い出し、戦慄《せんりつ》が走ったけれど仕方ない。

「ごめん。すぐ終わるから」

佐奈が差し出したクッションに座り、ふうちゃんが切りだす。

「私、彼氏できた」

瞬時に佐奈の脳内で、翔の顔が浮かんで、弾けた。

ふうちゃんは、頬杖をついて佐奈の顔を見つめていた。

「浜野」

「……へっ？」

「だから、浜野。私にできた彼氏だってば」

呆然《ぼうぜん》とする佐奈に嚙《か》んで含めるように言う。

「な」佐奈はふうちゃんをまじまじと見返した。「なにゆえ？」

「おとといの夜、急に呼び出されて告《コク》られた。浜野をそういう対象として見たことなかったけど、まぁいい奴だし。一晩考えて返事した」

で、今から会いに行くんだ、と明朗に告げる。

「急な展開だね」佐奈は言った。「なんで、私に報告しに来てくれたの」

ふうちゃんは頬杖を解いた。

「友達だし」

真正面から言われて、佐奈は瞬《まばた》きをする。

「うまくいくといいね」と、なんとか返す。

「ありがと。でもどうなんだろう」

「え？」

「どれぐらい続いたらうまくいったことになるんだろうって、なんか思った」

「ずっと、じゃない？」

「佐奈らしいね」

口元で笑うふうちゃんは、いつもよりセクシーに見えた。

「私らしいってなんだろ」

「キラキラしてなくて、一途じゃないところ」

ふうちゃんの言葉は、どこか挑戦的に響いた。

「もしかしなくても悪口？」

「佐奈らしさだって」

「よくわからない」

「自分らしさって自分で決めることじゃないのかもね」

ふうちゃんは腕を伸ばして、あくびをした。

「さて。そろそろ行こうかな」

待って、と佐奈はふうちゃんを引き止める。

「私、一昨日《おととい》平沼くんにふられたの」

ふうちゃんがぎょっとした顔をする。ふうちゃんが告白された日に、というのは皮肉な偶然だ。

「でね、自分がよくわかんなくなってたら、風邪ひいた」

ふうちゃんは再び頬杖をついた。

「風邪をひいたのは関係あるの？」

ないと思う。が、平沼くんというぬくもりが一つなくなってしまったのだから、風邪の原因になってもおかしくないのかもしれない。

「いや、そこは真剣に考えなくていいって」考え込む佐奈を見てふうちゃんがため息をついた。「ふられたっていっても、平沼くんなら戻ってきそうじゃない」

「戻ってこない時は、戻ってこないよ。きっと他に好きな人ができちゃうよ」

自虐的なセリフを、佐奈は発していた。ふうちゃんが眉を上げた。

取り残されるのが怖い。あの時のお母さんと同じになりたくない。

お父さんは、東京に出張中、交通事故で死んだ。

お父さんは、出かける前日、お母さんと大喧嘩をした。あとで知ったことだけど、原因はお母さんの不倫だった。そのころから田鍋さんとの間に関係があり、感づいたお父さんが激怒したのだ。

出発の朝は、二人とも冷静な様子だった。佐奈に気を遣ってか、笑って朝ごはんを食べていた。それでもどこか空々しい雰囲気は隠せていなかった。

お父さんは出発の直前、ずいぶん迷った顔をしてから、佐奈を呼んだ。

「佐奈」

目の前の父の穏やかな声が、やけに遠く感じたのを覚えている。

「お母さんは、お父さんを、もう好きじゃなくなっちゃうかもしれない」

「えっ？」

「でも、お母さんも、もちろんお父さんも、佐奈のことは大切だから」

そういって微笑んだけど、佐奈には最初の言葉が衝撃過ぎて受け止められなかった。お母さんがお父さんを好きじゃなくなるなんて、そんなことあるはずがないのに。

「お母さんはお父さんのこと好きでしょ。決まってるよ」

佐奈にとって両親はいつも仲良しで、離れようがない存在だった。お父さんは弱々しく首を傾げた。

「お父さんの他に好きな人が、できたんだ。それは仕方ないことなんだ。お母さんは真剣に、その人のことを……」

知識の足りなかった佐奈は、わけがわからず必死に首をふった。

「もし、お母さんに好きな人ができても、お父さんのことも好きだよ。絶対」

お父さんは、口を噤《つぐ》んだ。話したことを後悔したのかもしれない。佐奈の頭を撫でて「ごめんな」と言った。それが最後に聞いた言葉だった。寂しそうな声、寂しそうな顔、寂しそうな、後ろ姿。一生忘れられないだろう。

出張先の東京で、お父さんは珍しく酔っ払うほどにお酒を飲み、ホテルへの帰り道、深夜のわき見運転の車に撥《は》ねられた。

知らせを聞いてから、呆然としたお母さんはしばらく何も手がつかなかった様子だった。が、結局悲しみとか罪悪感とかいろいろなものを、時間をかけて乗り越えた。そして今は田鍋さんと暮らしている。お父さんの話には、ほとんど触れない。

「ふうちゃん。私、平沼くんも、翔も、三倉さんも本気で好き。でも、ふうちゃんから見て、どう？　そう見える？」

ふうちゃんが一瞬、鋭い目になった気がした。でも見間違いだったと思う。すぐに、柔らかく微笑んでいたからだ。

「佐奈は本気で好きっていうか、本気で好かれようとして一生懸命、っていうふうに見えるかな」

「それって」

とても寂しそうだ。でも、そうか。それが私か。

「あれ？　どうしたの」

ふうちゃんが慌てた声を出し、佐奈は自分が泣いていることに気づいた。涙腺《るいせん》が壊れたみたいに、わけもわからず涙が溢れていた。

「不思議」佐奈はつぶやいた。「どうしようこれ」

ふうちゃんがティッシュに手を伸ばした。でも佐奈はふうちゃんの肩に顔を寄せていた。ふうちゃんは一瞬、ぴくっとしたけど、すぐに佐奈の頭を撫で、抱き寄せるようにした。

「ごめんね。ふうちゃん」

「いいよ。友達だし」

いい匂いに包まれて、佐奈は泣いた。息が止まりそうなぐらい、泣いた。

佐奈が泣き止むと、ふうちゃんは浜野に会いに行った。「翔との間には何もなかったの?」という質問をすることができずじまいだった。

まぁ、いいか。佐奈たちの大学生活はこれからも続く。大学生活が終わっても、どこかでお互いが作用する日常が続いていく。答え合わせのチャンスはいつか訪れるかもしれない。時間が経つにつれてあっけなく答えが変わってしまうことだってある。今は今なりの答えで、しのげればいいのかもしれない。

10

佐奈はシャワーを浴びて、メイクをして、翔に「会いたい」とメッセージを送った。日焼け止めを軽く塗って、髪を整えて、ネックレスをして家を出た。

セミの声が日に日に大きくなっている。目的地を決めずに散歩をした。スマートフォンで音楽を聴いた。レモンスカルの新曲。「夏の始まり」。歌詞がとても好きだった。背中を押してくれている気がした。初めて翔に声をかけようとした時、勇気をくれたのもレモンスカルだった。

埼京線の線路にかかる橋の上に立つ。フェンス越しに、行き交う電車を見下ろした。じりじり照り付ける日差しに、汗がにじみ出る。せっかくシャワーを浴びたのに。

翔と会って、話したいことを佐奈は考えた。言葉を選び、まとめようとしたがうまくいかない。ふだん言葉をじっくり考えて話すことをしないから、慣れていない。

シンプルに。

大きく息を吸った。翔の問いかけは一つだけだ。

――俺だけを選ぶ気はないか？

だから素直に佐奈は答えればいい。

リハーサルのつもりで、喉を震わした。

「選べない」

誕生日に翔にもらったネックレスを外す。全然好みじゃなかったけれど、翔が選んでくれたから、一生大事にしたいと心から思っていた。

空を見上げた。平沼くんは遠ざかって、翔は、遠ざけることになる。

二人がいなくなる日常を考えた。心もとなくて、悲しくて、胸がどきどきした。そして、ただ一人、「自分だけを選んでくれ」と言わなかった、三倉さんの顔を思い浮かべている。

これから三人分の愛情を、三倉さんだけに注ぐんだなぁ、と思った。

エピローグ　昨日の君

「テレ東じゃなかったってこと？」

浜野《はまの》が言った。

冷房の効いた店内で、泰貴《たいき》は中身のないコーラをストローですすり、氷をざわつかせた。

頷《うなず》いたら、あまりに勝手じゃないか、と言われそうで。

「あまりに勝手じゃないか」

頷かなかったのに言われた。浜野は怒っている様子でもなく、涼しげにポテトをつまんでいる。

「わかってる」

泰貴はポテトに手を伸ばした。

樫井《かしい》さんに別れを宣言して二週間になる。小さなライブハウスで行われた、ライブの帰りだった。初めて聴いたたけお先輩のボーカルは、噂通りの澄んだ歌声で泰貴はたいそう驚いた。

「ラストライブだよ」そのバンドのギターとして参加した浜野は言った。同じメンバーのバンドの演奏は、今日が最後だ、と。

「たけお先輩、気持ちよく歌えたかなぁ」

ファストフードのお店に入店してすぐ、浜野は放心したようにつぶやいていた。

が、余韻は晴れたのか、「ところで聞いてなかったけど」と、樫井さんをふった理由を問いかけてきたのだった。

「樫井さんに、勝手な理想を抱き続けて付き合うのは、違うかなって……」

泰貴が言うと、つまり、といって冒頭の言葉を浜野は言ったのだった。

浜野は両手を後頭部で組んだ。

「もったいない。完璧に理想の相手同士、なんてカップルの方が少ないでしょうに」

そういうことじゃないのだ。樫井さんは、本当に人を好きになるということができない。

樫井さんから「今のままが続くことを望むのは私だけか」、と訊かれた時、泰貴は「俺も今のままがいい」と答えようとした。

そして、自分と樫井さんの決定的な違いに気づいた。似ていると思っていた。本当は似ていてほしかっただけかもしれない。

樫井さんは「みんなが好き」だ。泰貴はシェアを受け入れる日、そう理解した。自分同様、一人になることを恐れている、と。でも付き合っていくうちに違うと感じるようになった。彼女は孤独な「誰か」の「特別」になりたいのだ。決して泰貴たちのことを必要としていない。自分が必要とされるために、恋をしている。

そう実感して泰貴の中に生まれたのは、付き合うことの空しさだった。そして空しさのかたまりは、二週間前の出来事で破裂してしまったのだ。

泰貴がどれだけ共感をして、共鳴をして、愛情を注いだとしても、樫井さんの愛情は好きな相手に等分だ。泰貴だけが突き抜けることはできない。樫井さんは泰貴を失うことを、きっと恐れない。

「樫井さんはさ」ポテトをつまんだまま浜野が言った。「ハンバーガーも、オムライスも、お寿司も、どれも食べたいんだろうね。一つ多く食べ過ぎたら他が食べられなくなるから、少しずつ」

「やっぱり、シェアとかおかしいんだよ」

結局、春に悩んだのと同じ結論に戻ってきた。花見の夜になぜあの答えが出せたのか、今となっては不思議だった。

でも、樫井さんと別れた日の夜、とても身勝手に、泰貴は泣いた。このことは浜野にも、誰にも打ち明けない。

「それより浜野は。彼女とはどう」

泰貴たちが別れたのとほぼ同時にふうちゃんが浜野とくっついたことには驚いた。

「いい感じだよ。俺、風香《ふうか》のこと長らく好きだったから幸せ」

恥ずかしげもなく言う浜野に、泰貴の方が恥ずかしくなる。風香と呼び捨てにする浜野も初めてだ。いや、そういえば浜野は、もともとみんなのように「ふうちゃん」とすら呼んでいなかった。ずっと「鶴谷さん」じゃなかっただろうか。

「言っとくけど、沼が樫井さんのこと好きだった期間より長いよ」

「誰にも相談してなかったあたりが、おまえらしいっていうか」

自分を棚に上げて言うと、あの変な形の腕時計を触りながら浜野が首を振る。

「いや、相談相手はいたよ。親身になって応援してくれた」

「誰？」

「名古屋にいる知り合い」

どういう知り合いか少し気になりはしたが、深くは掘り下げず、

「よりによってなんであの日告白したんだ」と訊いた。

「理由は」浜野がくすっと笑った。「樫井さんが髪型を変えたからかな」

「意味がわからない」泰貴は言った。「でも、小山田《おやまだ》にとられなくてよかったね」

ふうちゃんは小山田のことが好きだったらしい、という話は浜野から聞いた。薄々、泰貴も気づいていたことだった。

ラッキーだったよ、と浜野が苦笑交じりに頷く。

「計算外だったから。ただ、樫井さんにふられたダメージは小さくないだろうなぁ、翔《かける》」

泰貴が樫井さんと別れた日の翌日、今度は樫井さんが小山田をふったのだった。小山田はすんなり受け入れたらしい。タイミングから考えて、泰貴の行動がきっかけだったのだろう。そう考えると、気持ちは複雑だった。


一か月前、三倉に、小山田とふうちゃんのことで相談をしたことを思い出す。

春に泰貴が「シェア」の説明を受けた、あの大学近くのカフェだった。

「つまり、小山田翔と、鶴谷風香があからさまに互いを避けている。それでいて人目を忍んで話をしていると」

泰貴の話を聞いた三倉はコーヒーを手に、反芻《はんすう》した。

「それだけじゃなくて、小山田は樫井さんのデートの日を立て続けにキャンセルしてるんですよ」

「ふむ」コーヒーを見つめながら言った。「もし二人の間に何かあったとして、君はどうするの」

「三倉さんの女性関係はともかく、あの二人だとしたら、樫井さんに秘密は許されないと思います。シェアをやめてもらいたいです」

「真面目だねぇ。あの二人ができてるとしても、どうするかは佐奈ちゃん次第だよ」

三倉の余裕のある顔を見て、泰貴は息をついた。三倉が顔を上げたので、言葉を選びながら言う。

「俺は、自分に自信を持っていません。高校時代は友達がいなくて。教室には大勢人がいるのに、誰も俺と仲良くしようなんて思ってくれない。自分が変わらなきゃと思っても変わり方がわからない。誰かが手を差しのべてくれるのを待っているだけ、みたいな。だから、大事な人を傷つけるのが怖いし、大事な人を傷つけられたら怒りたい」

三倉が、眼鏡の奥で瞬きをした。

泰貴は自分のコーヒーを飲み、口を湿らせた。

その時だ。頭上から「安定の臭いセリフ吐いてんじゃねーよ」と、言葉が降ってきた。

びくっとして見上げると、背後に小山田が立っていた。

「うお」と、思わず呻《うめ》き、身構える。

「なんだよ。熊じゃねえぞ、俺は」

毒づいた小山田翔はマンゴージュースを手に、ため息をついた。

「二人で密談？」

「なんでいるんだ」

「ここのドリンク割引券の有効期限が今日までだから」

つまらなそうに言うと、「盗み聞きはしねぇよ」と言い、歩いて行こうとする。

「待て」

泰貴は引き止めた。今ここで問いたださなきゃ、と思ったからだ。でも、いざ本人を目の前にすると聞きにくいことこの上なかった。

「なんだよ」

「いや……」

「小山田くん、鶴谷風香ちゃんと寝たわけ？」

三倉の呑気《のんき》な声が響いた。泰貴は自分の顔が引きつるのがわかった。が、小山田の表情は大して動じていないようだった。三倉を見て「んなわけあるか」と答える。それから、「でも」といって、泰貴に目を移した。

「俺に、佐奈の彼氏でいる資格はない。おまえの言った通りかもな」

「どうしたんだ？　珍しく弱気なこと言って」

「俺はいつだって弱気で控えめで、くよくよしてんだよ」

「……どういう主旨《しゅし》の冗談なんだ？」

「うるせえよ大学デビュー星人」

「なっ、星人てなんだ。この……ヘビースモーカー」

「それ悪口じゃねえよ！」

三倉が笑って、小山田がふう、と声を落とす。

「まぁ、資格ってなんだって話だけどな。ユーキャンかよ」

「ユーキャンじゃない」

「知ってるわ！」翔は一度言葉を切り、泰貴を見つめた。「資格とか自信とか、気にしすぎなんだよおまえは。たかが恋愛に」

軽い口調で言いながら、小山田は喫煙席に歩いていく。

三倉に目を向けた。三倉は相変わらずの調子で言った。

「前に、小山田くんに聞かれたよ。僕たちの関係がいつまで続くか考えたことあるかって。

僕は自分が一番にふられて終わると思うって答えた。どこまでいっても、僕だけ、部外者だから。でも、正直、別れたくないよねぇ」

確かに、もしシェアが終わったら、この人と連絡を取ることは二度とないのかもしれない。小山田とも頻繁には会わない。

「バラバラになったら、寂しいですね」

泰貴はそう口にしていた。三倉がそっと笑って言った。

「その時はさ、一緒に寂しくなろうじゃないの」


最後に余ったポテトを浜野に譲り、泰貴は手を拭いた。結局、樫井さんの彼氏として残ったのは、ああ言っていた三倉だった。

おかしな話だ。まともに考えれば、一年半以上付き合った小山田が選ばれそうなものなのに。

「今度、翔と飲もうよ」浜野が言った。「いろいろ腹の内を話してみるといい」

「そうだね」思えばまだ、小山田とまともに語らったことはない。「……あれ」

「ん？」

泰貴は違和感を頭に抱えて、浜野の顔を見ていた。さっき浜野が言ったことの不自然さに、急に気づいたのだ。

——言っとくけど、沼が樫井さんのこと好きだった期間より長いよ。

「俺、いつから樫井さんが好きだった、なんて話、したっけ？」

浜野は額をつつかれたような顔をしてから、笑った。

「しなかったっけ」

「してない。もしかしてばれてた？」

浜野は「ああ、実はね」と申し訳なさそうな顔をした。

「そりゃさ、高校からの付き合いだもん。第一、沼は自分で思ってるよりわかりやすいから」

弁解するように言う浜野にぼんやり頷きながら、いくつかの出来事が、脳内でパズルみたいに組み立てられていく。

泰貴の片思いは浜野にばれていた。いつから？　花見より前か。じゃあ、花見の話で浜野が泰貴を誘ったのはたまたまじゃなくて、樫井さんとの進展を考えてくれてのことだったのか？

でも、浜野は小山田と樫井さんが付き合っているということを知っていたんじゃないか。シェアについては知らなかったけれど。

……本当に？　三倉の存在を知らなかったというのは、浜野がそう言っていただけだ。樫井さんや翔の身近にいれば「シェア」に感づくチャンスはあったんじゃないだろうか。鶴谷さんの気持ちに関してはどうだろう。浜野なら、「好きな人の好きな人」くらい、易々と見抜いていたんじゃないか、と思う。

ひょっとして。シェアに泰貴を入れることで、小山田の樫井さんへの独占欲を強くさせたかったんじゃないか。結果、鶴谷さんが小山田を諦めることを狙って。そう、浜野はさっき、小山田がふられたことを「予想外」じゃなくて、「計算外」と言った。

深呼吸をして頭を働かした。

泰貴たちが三等分の恋のシェア事情に葛藤しているすぐ横で、密《ひそ》かに一途を貫いていた男。

ゆっくりと浜野を見返す。

「……沼？」

首を傾《かし》げてくる。

「一途は強いってことか」

何言ってんの〜、と浜野が笑う。

「自分だって一途だったでしょ」

「俺が？」

「沼が教室で樫井さんを見つめる目は、一途そのものだったって」

浜野に言われて思い返したのは、今年の春先のある日の場面。やる気のない教授の、水曜日の授業。見つめることしかできなかった樫井さんの横顔。同じ教室なのに、遠い距離。その距離を失《な》くすことの喜びも寂しさも、まだ知らなかった、あの日のことだ。

この作品は書き下ろしです。原稿枚数324枚（400字詰め）。

幻冬舎文庫

●最新刊
心霊コンサルタント　青山群青の憂愁
入江夏野

怪奇現象を解決してもらうため、貧乏女子大生・花は、心霊コンサルタント・群青を紹介される。冷たく口の悪い群青だが、腕は確か。しかし、彼の陰のある瞳に、花は何か秘密を感じていた――。

●最新刊
俺は絶対探偵に向いてない
さくら剛

探偵見習いのたけし。アイドルのストーカー相談では、アイドルとの生遭遇&生接触に興奮し、新興宗教に入信した若者の奪還では自分が洗脳されてしまう。たけしは無事、探偵になれるのか!?

●最新刊
お口直しには、甘い謎を
高木敦史

腑に落ちないことがあると甘いものをドカ食いしてしまう女子高生のカンナ。ダイエットに勤しむも、彼女の食欲をかき立てる事件が次々と発生。お腹が空くのは事件の予感!?　青春ミステリー小説。

●最新刊
神木町あやかし通り天狗工務店
高橋由太

一見、普通の大学生の鞍馬だが、その祖父・太郎坊は千里眼を持ち空を飛ぶ、黒天狗だった。天狗の大工とヘタレな孫が、家のリフォームと、ついでに事件も請け負う、妖怪お仕事ミステリー！

●好評既刊
恋する創薬研究室
片思い、ウイルス、ときどき密室
喜多喜久

冴えない理系女子が同じ研究室のイケメンに恋をした。だが、ライバル出現、脅迫状、実験失敗と、試練の連続。男女が四六時中実験室にいて、事件が起こらぬわけがない！　胸キュン理系ミステリ。

幻冬舎文庫

●最新刊
リターン
五十嵐貴久

高尾で発見された死体は、十年前ストーカー・リカに拉致された本間だった。雲隠れしていたリカを追い続けてきたコールドケース捜査班の尚美は、警察の威信をかけて、怪物と対峙するが……。

●好評既刊
真夜中の散歩道
赤川次郎

神崎茜は半人前の霊媒師。幽霊に「僕が殺された事件を調べてくれ」と頼まれ、しぶしぶ犯人探しに乗り出すが……。キュートなヒロインが機転と不思議な力で敵と戦う痛快ユーモアサスペンス！

●好評既刊
特命
麻生　幾

日本での主要国サミットを四日後に控え、密入国者が謎の言葉を残して怪死した。真相究明を命じられた若きエリート官僚・伊賀は、事件の背後に蠢く陰謀と罠に追い詰められていく……。

●好評既刊
靖国への帰還
内田康夫

昭和二十年、夜間戦闘機「月光」で出撃した海軍飛行兵・武者滋中尉が辿り着いたのは、現代の厚木基地だった——。時空を超えた〝英霊〟が問いかける生きる意味。感動の歴史ロマン。

●好評既刊
腐蝕の王国
江上　剛

上司・藤山の愛人の子の中絶を任された西前はそれ以来、藤山と共に出世争いを勝ち上がっていく。バブル前夜から銀行大合併までの内幕を生々しく描いた金融エンターテインメント。

昨日《きのう》の君《きみ》は、僕《ぼく》だけの君《きみ》だった

藤石波矢《ふじいしなみや》

平成27年11月10日　初版発行

発行人――石原正康
編集人――袖山満一子
発行所――株式会社幻冬舎
〒151-0051東京都渋谷区千駄ヶ谷4-9-7
電話　03(5411)6222(営業)
　　　03(5411)6211(編集)
振替00120-8-767643
印刷・製本―中央精版印刷株式会社
装丁者――高橋雅之

幻冬舎文庫

ISBN978-4-344-42411-1　C0193　ふ-28-1

幻冬舎ホームページアドレス　http://www.gentosha.co.jp/
この本に関するご意見・ご感想をメールでお寄せいただく場合は、
comment@gentosha.co.jpまで。